異邦人の歌

なかにし礼の〈詩と真実〉

添田　馨　Soeda Kaoru

論創社

異邦人の歌＊目次

拝啓　なかにし礼様――プロローグにかえて　8

序章

第一章　異邦人の覚醒

異邦人の肖像をもとめて　18
〈人生の核〉としての少年時代　24
記憶のなかの原風景　28
空襲　29
逃避行　31
異郷への追放　34
「引揚げ文学」の観点から　37

第二章　創作への助走

海のうえの『リンゴの唄』　46
運命の契機について　50
小・中学校時代の影と光と　56

1 〈影〉について 56
2 〈光〉について 64

第三章 詩人の誕生

都市文化の洗礼 70
孤独の肖像 74
創作者への道 80
シャンソン歌詞と翻訳詩 84
「三拍子」をめぐる問題 91
作詞家への途 95
1 石原裕次郎 96
2 丸山明宏（美輪明宏） 100

第四章 歌謡曲と国家の影

衝撃的な告白 106
ダブル・モチーフという戦略 113
解釈をかえることのリスクと意味 122

みえかくれする国家の影　127

第五章　思想としての〈昭和歌謡〉

Ⅰ

流行歌の思想　134
演歌が社会批判だった時代——添田唖蟬坊と「演歌」　135
歌の歴史を編むということ　137
「演歌」と新体詩　140

Ⅱ

戦後社会と〈昭和歌謡〉　144
歌をヒットさせるということ　151
〈ひらめき〉が降りてくる　155
〈歌謡曲〉が軍歌になった時代　158
〈昭和歌謡〉をもたらした〝革命〟　163
〈昭和歌謡〉が〝思想〟になるとき　167

第六章　方法的飛翔——『夜の歌』の世界

命がけの飛翔　178
無類の幻想文学　180
ゴーストの原型を追って　182
過去の諸作品との関係　187
ナターシャがくれた慰撫　189
父・政太郎による自己批判　192
母・「雪絵」の物語　197
兄、あるいは疫病神としての戦後社会　204

第七章　なぜ闘うのか、なぜ闘えるのか

この力の源泉はどこから？　212
ほんとうの転機は二〇一五年に訪れた？　212
文学の力が湧きあがる　215
背中を押したのは誰か？　219
闘えるのは〈文学〉の力があるから　224

第八章　なかにし礼の〈詩と真実〉

「作詞作法」から「作詩技法」へ　228
なかにし礼の〈詩と真実〉　230
1　底辺のない三角形　231
2　歌の五体　232
3　「石狩挽歌」の衝撃　234
見すえるのは〝世界〟と〝希望〟　241

エピローグ　245

なかにし礼・主要著作物一覧　250

異邦人の歌——なかにし礼の〈詩と真実〉

拝啓　なかにし礼様――プロローグにかえて

いま、どちらで、いかがお過ごしでございましょうか？

昨年の十二月になかにし様の訃報が届けられたとき、どこか違う世界の架空のできごとのように受け止めている自分がおりました。私のなかでは、なかにし様がみせてくださった、めくるめくような世界のほうがリアルであり、そのほかの報道はどれも耳もとをかすめてゆく冷たい風のひとひらのように感じていたからです。お亡くなりになったと聞かされても、にわかには受け入れられず、なかにし様の体温のようなものが私のなかでいまも息づいている感じが、とぎれることなく続いています。

私がなかにし様のことを本に書きたいと思いたったのは、いまから七年ほどさかのぼる二〇一四年のことでした。そのとき、なかにし様は、日本政府が集団的自衛権の行使を容認したことに激しい怒りを表明されました。そのことが私をこうして立ちあがらせる引き金になりました。

一九五五年生まれの私は、子供の頃からたくさんたくさん歌謡曲をきいて育ちました。あの頃の記憶のどのひと幕をとっても、かならずそこにはその当時きいた歌謡曲のおもいでがセットになって根づいているような、そんな世代であります。

なかにし様のお名前は、その頃から子供心にずっと輝いておりました。夢のような歌をつくられる、自分とはまるでちがう別の世界のかたのように感じておりました。

その貴方が、地つづきのおなじたち位置から、この恥おおき世界にたいして渾身の怒りをぶつけられた姿は、どんなにか私の心を奮いたたせたかわかりません。そして私は、なかにし様のその怒りが、これまでつくってこられた歌のかずかずと地つづきのものであったことに、ほんとうに生まれてはじめてわが目を開かれたのです。

さて、私がこの『異邦人の歌』執筆にさいして心がけたのは、なかにし様の作詩家(*)としての長いキャリアと、その前史をなす少年期から青年期までの激動のかずかず、またご自身のがんとの闘い、さらには政権批判の政治的言動など、どれも深い思想と洞察にもとづいたいくつものドキュメント・シーンを、できるだけ順序だてて記録することでした。

その背景には、私なりの〝なかにし礼〟像をそうやって描きだすことにより、昭和から平成にあいわたるなかにし様のかずかずのお仕事の意味を、歴史時間の流れのなかへ明確にポジショニングしたいとのつよい思いがありました。

しかし、そうはいっても著述家はその作品のできぐあいによってのみ評価されるわけで、結果がすべてであることは重々承知いたしております。なかにし様がすでにこの世を去られたいま、本書をおみせできなくなってしまったことがほんとうに心残りでなりません。拙著に対するご評価がテストでいったら〝零点〟でないことだけをひとり祈るばかりです。

乱筆乱文、ひらにご容赦ください。

敬具

二〇二一年三月十一日

添田　馨

＊本書では、それぞれの場面や機会に応じて、適宜、「詞」と「詩」のふたつの漢字表記を使い分けております。

序章

なかにし礼という存在をもっとも身近に感じたのは、彼の詩「平和の申し子たちへ！」に私がはじめて触れたときだった。

「平和の申し子たちへ！」が発表されたのは、二〇一四年七月、政府の一方的な閣議決定で集団的自衛権の行使容認、すなわち憲法第九条の平和条項を政府の解釈によって骨抜きにする「解釈改憲」がなされた事態をうけてのことだった。私はその作品を、妻が地元さいたま市の会館で開かれた抗議集会でもらってきた白黒コピーではじめて読んだ。その日は、なかにし礼本人が登壇し、みずからそれを朗読したという。

一読してまっさきに私にやってきたのは、とても居たたまれないような悲痛さの感覚と、取り返しようもない深い喪失感だった。私がこれまで知らなかったなかにし礼の姿が、そこにはあった。なかにし礼は、私にとってそれまで昭和歌謡曲のジャンルで一世を風靡した、過去の流行作詞家のひとりでしかなかった。そのイメージがこの詩を読んだとき一挙に瓦解し、これまでとはまったく相貌の異なる〈闘う表現者〉としてのイメージが、私のなかですっくと立ちあがったのだった。

「平和の申し子たちへ！」は以下のように始まる。

２０１４年７月１日火曜日

集団的自衛権が閣議決定された

この日　日本の誇るべき
たった一つの宝物
平和憲法は粉砕された

つまり君たち若者もまた
圧殺されたのである

こんな憲法違反にたいして
最高裁はなんの文句も言わない

かくして君たちの日本は
その長い歴史の中の
どんな時代よりも禍々《まがまが》しい
暗黒時代へともどっていく

そしてまたあの
醜悪と愚劣　残酷と恐怖の
戦争が始まるだろう（以下略）

西暦二〇一五年、第二次大戦終結後七〇年目のこの年の夏は、多くの人々にとって特別な季節になった。記録的な猛暑になったこの夏の光景は、まちがいなく私たちの記憶のなかに、ながく鮮明に焼きつけられることになるだろう。

何故なのかと問われれば、政権与党と国の安全保障をめぐる法案とに対する強固な反抗の意志が、社会の各階層できわめて広汎に噴出したのが、ほかならぬこの猛暑の年だったことによる。そのようなことは、この半世紀ちかくのあいだ、この日本では一度もなかったからだ。

西暦二〇一五年という節目は、まぎれもなく六〇年安保闘争いらいの政治の季節の到来を告げていた。多くの国民がそれぞれの場所からそれぞれ反対の声をあげ、抗議の行動へと立ちあがり、それら個々の自立した意志がいくえにも重なりあって、次第にひとつの巨大な流れをつくっていった。そのような歴史的な夏だった。

なかにし礼の第二次安倍政権にたいする批判の情念はまことにすさまじかった。さまざまな人々がこの戦争法案に対して抗議の声をあげ続けるなか、彼の批判の心情的な激しさはひときわ群をぬいていた。まるでそれは、ひとつの輝いた時代がいっきに終焉していく危機に際会し、みずからの身体をなげうってもそれを押し止めたいといった、孤独な執念さえ思わせた。

私はそのとき、はたと気づいたのだった。なかにし礼は、すでに二〇一二年から食道がんとのながくたえまない戦いを生き抜いてきたことを。そして、近年、いったんは小康を保っていたかに見えたその病が再発し、ふたたび彼はみずからの死とまさに隣り合うかたちで、ぎりぎりの闘病生活をその後も続けてきたことをである。

その年、八〇歳になるなかにし礼が、こうした背景のもとに『平和の申し子たちへ！』を世に送りだし、時代への警鐘をあらためて打ち鳴らした姿は、文字どおり命がけのものだった。そして、まちがいなくそこに賭けられていたのは、彼がつくりあげたたくさんの歌謡曲の詩（歌詞）であり、それらの歌謡曲が人々の心にひろく流布したひとつの時代の、輝く記憶の総体なのである。

この記憶を、おそらくいくぶんかは私も共有している。私の少年期から青年期にかけての決してみじかいとは言えない時代に、「作詞　なかにし礼」とキャプションのついた曲はまさに時代とともにあった。それらは時代のもつ色や空気や香りのように、日々のくらしの隅々までを彩っていたからである。

いままさに失われようとしているこの国の「たった一つの宝物」と書くとき、それは「平和憲法」の精神であると同時に、その憲法のもとで花開くことのできたたくさんの歌謡曲の成立した土壌、すなわち「昭和」という時代が育んだ、なかにし礼自身のかけがえのない人生の意味そのものだったようにも思うのだ。

そう考えるとき、彼がうみだした数多くの詩（歌詞）は、たんなる流行歌の歌詞であることを超え、ひとまわりもふたまわりも大きな思想的意味を担った文化の表象と化すのである。私がなかにし礼の詩（歌詞）をとおしてほんとうに探ってみたいのは、いま時代と共に失われようとしているものの最後の残影などではなく、その遥かなる輪郭と光輝にみちたその記憶像いがいのなにものでもないのである。

第一章　異邦人の覚醒

異邦人の肖像をもとめて

異邦人とは、果たして、どのような存在をさして言うのだろうか。

異邦人という言葉を聞いて、ある人はネイティブではない余所者という括りでイメージするかもしれない。また、ある人は、ただ通り過ぎていくだけの、孤独な影を背負いこんだ流離人=さすらいびとのような存在を思い描くかもしれぬ。

多少なりとも文学になじんだことのある人ならば、異邦人という言葉から、アルベール・カミュの有名な小説(*)のことを思いだす向きもあるだろう。

かの小説の主人公の青年ムルソーは、アルジェリアの陽光あふれる世界にむけて開かれたその鋭敏な感覚の火花とは裏腹に、どこにも着地することができないような希薄な存在感を、みずからの影のように引きずりながら生きている。

彼は、女性と情事を交わしても、偶発的に人を撃ち殺してしまっても、それが自分の身に起こったことではないような、どこか空虚な生存感覚を終始ただよわせていた。

自身の罪をさばく裁判で、彼は殺人の動機を「太陽が眩しかった」せいだと答える。その姿はまるで、私たちの生そのものの不条理さ、自分がいまここにいることの無根拠性じたいを、そのまま表象して余りあった。

私たちが、ムルソーのなかに異邦人のイメージを見定めようとすれば、彼は、私たちの多くがそうであるような、無意識的定住者ではありえないことが了解される。彼は、むしろ、自分がいまここにいることの明証性をつねに意識せずにはいられない、そんな生き方を宿命づけられた者である。

針のように研ぎ澄ました感覚、裁判での意味をなさない証言、そして不可解な行動理由……、これらはすべて、世界大の空虚にあらがうための彼のあくなき反抗なのである。

そして、それを選び取らせているのは、彼の人格的な粗暴さなのではなく、あくまで彼自身の意志の透徹性なのだ。

醒め続けていること、いやでも醒め続けていなければならないことが、彼にはつねに求められていたのだと言わなければならない。

カミュのこの小説は、私たちに異邦人というもののイメージを、はじめて実存的な課題のもとに示したという点で、重要な意味をもったと言える。

そして、どちらかというとそのイメージはネガティブなものだった。

だが、この小説のもっとも重要な展開は、人間のこうした否定的な描写のうちにあるのではない。

私にはそれが、ムルソーと「司祭」との、独房内での息づまるような言い争いの描写にこそあると思えてならなかった。

死刑判決が確定したのちに、ムルソーは「司祭」の独房への訪問をかたくなに拒否しつづける。

しかし、ある日、ついに「司祭」が彼のもとへとつぜんにやって来るのである。

まさにこのとき司祭が入ってきた。彼の姿を目にすると、私はちょっと身震いした。司祭はそれに気づいて恐れないようにといった。

(『異邦人』)

「司祭」と書かれているが、ここに現れたのはじつは「神」にほかならない。カミュがなぜここでわざわざ「司祭」を登場させたかといえば、自分の死と直面することになったムルソーに、「神」と直接に対話をさせるためだった。

「いいや、わが子よ」と彼は私の肩に手を置いて、いった。「私はあなたとともにいます。しかし、あなたの心は盲いているから、それがわからないのです。私はあなたのために祈りましょう」

そのとき、なぜか知らないが、私の内部で何かが裂けた。私は大口をあけてどなり出し、彼をののしり、祈りなどするなといい、消えてなくならなければ焼き殺すぞ、といった。私は法衣の襟くびをつかんだ。喜びと怒りのいり混じったおののきとともに、彼に向かって、心の底をぶちまけた。

(同前)

この衝撃的な描写によって私に想起されたのは、まったく意外なことにドストエフスキー『カラマーゾフの兄弟』のなかの「大審問官」の一場面であった。ドストエフスキーのこの小説では、無神論者のイワンが弟のアリョーシャにみずから創作した「大審問官」の物語を滔々とかたってきかせる設定になっている。

舞台は十六世紀のスペイン、セヴィリア。宗教裁判と異端審問が猖獗をきわめていたこの土地に、ある日、まったく予告もなく本物のキリストが姿を現わすという話である。キリストはそこでも数々の奇跡をおこし、それを目にした群衆はみな再臨した「神の子」を、おおきな驚きをもって褒めたたえる。

しかし、その一部始終を見ていた老人（大審問官）が、キリストとおぼしきこの人物を召し捕らえ、神聖裁判所の古い牢獄に監禁してしまうのである。「大審問官」の挿話においては、投獄されたキリストのもとに、深夜、この老人が密かに面会にくるという設定だった。

沈黙するキリストにむかって、彼はこう難詰する。

（…）おまえは人間の自由を支配しようとして、かえってその自由を多くして、その苦悩によって永久に、人間の心の王国の負担を多くしてやったではないか。おまえは自分でそそのかして俘《とりこ》にした人間が、自由意志でおまえについて来るために、人間に自由の愛を求めたのだ。

人間はこれからさき、確固たる古代の掟《おきて》を捨てて、自分の自由意志によって何が善で何が悪であるかを、一人で決めなければならなくなった。

（「大審問官」）

カミュの「異邦人」とドストエフスキーの「大審問官」は、そこに登場するふたりの人物の役柄が、微妙に入れかわる。

ムルソーに語りかける「司祭」は、この「大審問官」のとおい末裔であることが察せられる。そして、現代の「神」は、すでにキリストではなくて、彼つまり教会なのだ。

ムルソーは小説中で、「大審問官」におけるキリストと、ちょうどおなじ位置に立たされているのだ。しかも彼は、沈黙することのない「キリスト」だといっても過言ではない。彼は大声でまくしたてる。なぜなら、彼はみずからの来歴を喪失した〝人の子（the Son of Man）〟であるからだ。

やってきた「司祭」に向かって、彼はこう叫ぶ。

（…）君はまさに自信満々の様子だ。そうではないか。しかし、その信念のどれをとっても、女の髪の毛一本の重さにも値しない。君は死人のような生き方をしているから、自分が生きているということにさえ、自信がない。私はといえば、両手はからっぽのようだ。しかし、私は自信を持っている。自分について、すべてについて、君より強く、また、私の人生について、来たるべきあの死について。そうだ、私にはこれだけしかない。しかし、少なくとも、この真理が私を捕えていると同じだけ、私はこの真理をしっかり捕えている。私はかつて正しかったし、今もなお正しい。いつも、私は正しいのだ。（『異邦人』）

獄舎にありながら、ムルソーが「喜びと怒りのいり混じったおののき」とともに発したこの言葉は、まちがいなく、おのれ自身の自由にむけて、しかも抗いようのない強い力で述べられたものだ。

かつても、いまも、つねに「正しい」存在、それは自分の外からやってくる「神」に反抗することではじめて彼のなかに立ちあがる、露わになったおのれ自身、すなわち、まったき自由な存在者の到来をまざまざと予感させるのである。

私にとって異邦人の本当の姿とは、世界をまえにこうしてたった一人、みずからの意志で立ちむかう者の謂いにほかならない。

なぜなら、彼はすでに、帰るべきみずからの故郷をはるか以前に、しかも永久に追われてしまっているからだ。すでにそのことが、彼の生きるべき与件になってしまっているからである。

自分でもよく分からない大きな力によって、みずからの故郷から、否応もなくその身を引き剝がされたとき、それもたんに空間的なだけでなく、時間的にも、故郷喪失（Heimatlos）を宿命づけられたとき、彼にはいったい何が起こったのか。

「私ははじめて、世界の優しい無関心に、心をひらいた」(同前)——じつはこのとき、はじめて彼の自由な創造の意識が、世界にむけて覚醒をみたのである。

(＊)アルベール・カミュ『異邦人』(*L'Étranger*：1942)引用は新潮文庫版(訳・窪田啓作)によった。

〈人生の核〉としての少年時代

作詞家なかにし礼は、戦後日本の大衆文化のシーンにおいて、まぎれもなく異邦人としての宿命を背負わされ、その地に降り立つことになったひとり、それも傑出したひとりである。

生誕から幼少年期にいたる、人の一生でもっともふかい感受性の神話に隈どられたはずの時間を彼が過ごしたのは、じつはこの日本の地ではない。案外知られていないこの事実は、なかにし礼の存在的な履歴を語るうえで、決定的な意味を刻印していると思われる。

この本を書きはじめるに当たり、私は彼のいくつかの著作からその年譜をたどった。そして、彼の自伝的なエッセイ『翔べ! わが想いよ』の中から、その履歴の一端を拾いだしてみたのである。

彼は昭和十三年(一九三八)の九月二日に、当時は満州国だった中国黒竜江省牡丹江市に、父・中西政太郎と母・よきの三男・中西禮三《れいぞう》として生まれた。両親のあいだに子どもは五人いた。

男の子が三人、女の子が二人だったが、うち二人は幼くして亡くなっている。長男の正一、長女の宏子、そして末っ子の禮三の三人が、残った兄弟だった。

実家の生業は造り酒屋いわゆる醸造業で、当地の日本人社会のなかでもかなり裕福な家柄であった。家は当時、関東軍の庇護下にあり、日本酒のほかに酢の製造販売、さらにはガラス工場、ホテル、印刷会社、料亭なども経営するなど、家業は順風満帆だったという。

「極楽郷」とも思えた牡丹江市での一家の暮らしは、しかし、戦局の悪化とそれにつづく大日本帝国（日本）の敗戦という事態によって、いっきょに暗転する。

まさにそれは、六歳の禮三少年に襲いかかった、極楽から奈落へと急転直下する運命の百八十度の激変だった。

そうやって牡丹江の生家を離れ、日本へ引き揚げてくるまでの一年二か月を、後に彼は「私の人生の核であり、私の感受性の中心部である」（『翔べ！　わが想いよ』一〇二頁）と述べている。

年表で改めてたどり直すと、その一年二か月とはおよそ以下のような時局の変転と重なりあっていた。

一九四五（昭和二十）年　八月八日　ソ連、日本に宣戦を布告。

八月十一日　ソ連軍数十機が牡丹江市を爆撃。

この日、父・政太郎は出張で不在だった。最初の逃避行は母・よきと子供たちだけで始めなければならなかった。

「牡丹江発最後の五両編成の軍用列車」で、関東軍の将校や下士官、その家族たちと共に一家は牡丹江を脱出。

八月十五日

ハルビンに到着。途中、列車はソ連軍機の機銃掃射を何度も受けることとなり、そのたびに周りで死者の数も増えていった。乗っていた蒸気機関車が故障。途中からは無蓋の貨物列車に乗り換えを余儀なくされる。ハルビンの駅頭で、満州軍兵士より、日本の敗戦を知らされる。これ以降、日本の軍人は武装解除され、全員が捕虜として強制的に連行された。

この時、民間人は手荷物、手持ちの全財産、家族のアルバムなど、すべてが没収された。

（日付不詳）

一家はナショナルホテル（日本名は北斗ホテル）にいっとき身を寄せたが、その後すぐに避難民収容所にあてられた小学校の講堂に移動。そこで父を待つことになる。

避難民収容所で父と再開。だが、その二日後に父はみずからの意志で、ソ連軍により連行される。父は年齢的にすでに連行の対象ではなかったが、同胞たちが連れて行かれるのを見て、みずから志願したという。

この頃、ソ連軍による日本人男子の強制連行（「男狩り」）が組織的に行われるようになっていた。彼等（捕虜）は、労働力として満州の産業施設を解体し、ソ連側に搬出する作業などに使役されたと見られる。事実、父が従事させられたのは、旧関東軍の穀物倉庫からの荷運びの重労働だった。

一方、残された一家は収容所を出て、モストワヤ街（現地名・石頭道街）のアパートに引っ越す。

十月某日

父がソ連軍による強制労働から「無残にやせこけ」た姿で帰る。栄養失調ばかりでなく、この時、すでに腸と肺もおかされていた。

一九四六（昭和二十一）年二月十七日

父・政太郎死去。四十七歳だった。火葬にしてやれず、かの地の共同墓地に「野ざらしに近い状態」で埋葬。

その後、一家はハルビンの道外（街の外）に近い買賣街《マイマイ》にある上海旅館という中国式の旅館に移り住む。

この年の十月に日本へ船で引き揚げるまで、一家はここ上海旅館に住んでいた。母よきは道外にある売春宿へ大福餅やタバコ、化粧品などを売りに行き、姉の宏子は中国人の豆腐屋に住み込みで働くなどして生計をつないだ。母と姉と共に、引き揚げ船にて日本へたどり着く。

十月〜

記憶のなかの原風景

六歳の禮三少年を襲った運命の過酷な激変は、彼の「感受性の中心部」にどのような爪痕を残したのか。

なかにし礼は、戦後になって、自身のこうした体験を核においた複数の手記や小説作品をものしている。特に小説では、テレビドラマ化もされた『赤い月』がよく知られているが、二〇一五年六月より『サンデー毎日』誌上では、再び自身の引き揚げ体験に着想をえた小説『夜の歌』の連載も開始している。その後、二〇一六年に単行本化された。

こうした事実は、私に、なかにし氏にとっての戦争体験が、いまだ終息していないのだということを強く印象づけた。

なかにし氏の記憶の中のさまざまな原風景のうち、特に悲惨をきわめたであろう昭和二十年から二十一年にかけての一年二か月間の記憶には、だからとても重要な意味があるのだと思う。

精神分析においては、反復強迫と呼ばれる特異な現象のあることが、第一次大戦以降、ひろく知られるようになった。それはフロイトが発見し、みずから理論化を試みたもので、戦場などで恐ろしい体験をした帰還兵が、後日、その場面をくりかえし夢に見てうなされるといったような症状を指している。人間の無意識にひそむ死への欲動(タナトス)と深い関係があるものと考えられている。

なかにし氏の場合は、もちろんこうした反復強迫の臨床例と、事情はまったく異なっている。しかし、こうした創作活動を支えている無意識の動機として、満州での記憶につよく固執する姿の裏には、なにか深い関係性が見てとれるようにも思われるのである。

いま、私にとりわけ強く印象に残っている三つの場面を、ここで拾い上げてみたい。

その三つの場面とは、「空襲」「逃避行」および「引き揚げ」にまつわる記憶のなかの、なかにし氏自身の手によって造型された像《イメージ》のことである。

空襲

「その日、空には雲一つなかった。

私は一人、庭で遊んでいた。

私は六歳の子供であった。門の近くにしゃがみこんで、コンクリートの上にローセキで『のらくろ上等兵』の顔を描いていた。……

「突如、背後の、はるかかなたの空から爆音が聞こえて来た。その音はいまだかつて聞いたことのない、底鳴りのする、轟々《ごうごう》たる音のかたまりであった。……

「爆音はものすごかった。立っていると大地までもが震えあがるような轟音であった。

耳はもう何も聴こえなかった。それはほとんど静寂に似ていた。……

「その瞬間、耳をつんざくような大音響。私はあわてて両手で耳をおさえたが、その姿のまま玄関のあたりまで爆風で吹きとばされた。……

「私は恐る恐る目をあけてみた。道の向こうには真っ赤な火柱が立ち、黒煙がもうもうと空に舞い上がっていた。

私は家の中に転がりこみ、大声で母を呼んだ。母も私を捜していた。

日本間の真ん中で、白い割烹着《かっぽうぎ》姿の母の胸に私は飛び込んだ……

（「空襲」『翔べ！　わが想いよ』）

当時、牡丹江市には、関東軍独立守備隊第十九大隊の本部や、同第三中隊の駐屯地などがあり、それでソ連軍による大規模な攻撃にさらされることになったのだろう。

きれいに晴れあがった空、そこにとつぜん響きわたる爆撃機の轟音、そして爆弾のはげしい炸裂、燃えあがる火柱とたち昇る黒煙、必死で追い求めた母の姿、飛びこんだ白い割烹着《かっぽうぎ》の母の胸……。

なかにし氏にとっての空襲体験は、長い月日をへて、記憶のなかのこうしたイメージ群へとすでに昇華されているのだろう。当時まだ六歳だった中西少年にとって、戦争はまだそれほど差し迫った現実ではなかった。

しかし、それが百八十度ひっくり返されることになる最初の記憶が、空襲とのこうした突然の遭遇だった。それはこうして中西少年の心の奥底に、非情にも焼きつけられたのである。

逃避行

「朝、汽車が不意に止まった。

『敵機来襲!』

と誰かが叫んだ。

軍人も民間人も区別はなかった。みんなわれ先に窓から外へ飛び出し、物陰《ものかげ》や草叢《くさむら》に身をかくした。汽車の中では荷物で頭をかくすもの。子供を抱きすくめる母。

私は座席の下へもぐりこんだ。……

「一時間近い、機銃掃射が終わって、ホッとあたりを見ると、沢山の人が死んでいた。強く抱きしめすぎて、乳房でわが子を窒息死させて呆然《ぼうぜん》としている母親がいた。……

「死体はみんな、汽車の窓から捨てるのである。軍人も民間人も子供も赤ん坊も、死体に区別はなかった。

父母兄弟や血縁者が死体にとりすがって泣きくれていると、まわりにいる何人かが目くばせをして、非情にも窓の外へほうり出すのだ。これが葬式であり、野辺の送りであった。あとには悲嘆にくれる声だけが残った。……

「汽車は、死の臭《にお》いが芬々《ぷんぷん》と漂う原野をだらだらと走り続けた。

夜になり小雨がふると、それらの死体が放つ燐《りん》の炎が鬼火のように燃え立った。そこへソ連の戦闘機が襲ってきて照明弾を空中で炸裂《さくれつ》させると、暗闇《くらやみ》の中に一瞬、数々の死体が浮びあがった。照明弾はしだれ柳の花火のように美しかったが、その光が垣間見《かいまみ》させるものは、酸鼻を極めた地獄図だった。……

（「逃避行」「地獄図」同前）

ここに描かれているのは、戦争映画のワンシーンなどではない。

凡百の映画にでてくる戦場などよりもはるかに生々しい戦地での現実が、それとは対照的な淡々とした筆致で綴られているのである。

六歳の中西少年が、牡丹江からの逃避行のなかで、実際にその脳裏に刻みつけざるを得なかった、忘れようにも忘れることの叶わぬ体験の、これはまごうかたなき記憶映像なのである。

だが、この地獄のような戦地での思い出を、彼はなぜ五十年以上もの時をへだてて、いわば古い傷口をふたたび覗き込むかのように、書きとめているのだろう。

普通、本当に辛かった体験を、人は忘れようとするものだ。いや、意識して忘れさるのではなく、無意識からのつよい要請によって、記憶のファイルから削除するといったほうがいいかもしれない。心の防衛本能のようなものが、働くからである。

従って、なかにし氏が過去のこうした恐ろしい体験を、完全にじぶんの言葉で一から掘り起こしているのは、表現にむかう強靭な意志の力によるもの以外ではないのである。

いったい何が、いかなる情念が、彼をそこまでして書くことにまい進させたのか。

誰にでも分かる通り一遍の答えがあるとは思えない。むしろ、明確に言葉にできる答えといったものはないのかもしれない。

ひとつだけ言いうるとすれば、なかにし氏自身が、その答えを生涯かけて追い求めている当事者であるに違いないということだ。

異郷への追放

満州の牡丹江市で生まれ育った中西姉弟にとって、日本への渡航は、ほかの多くの日本人引き揚げ者たちとは違い、なつかしい故郷への待ちに待った帰還を意味しなかった。

それは、おそらく、異郷への理不尽な追放だったのである。

「船は上陸用舟艇を輸送するアメリカのフリゲート艦。ガランドウの船底、その鉄の床に毛布一枚を敷いて、びっしりと人が座っている。窓もない鉄の船は音が反響する。奈落の底にいるような恐怖感が迫って来る。この目つきの鋭い人たちと一緒に、まだ生きてゆかねばならないのか、と私はおびえた。……

「行けども行けども海ばかりの長い旅だった。

船旅が一週間も過ぎた頃、

「死にたい」

と姉の宏子が言うようになった。言う言葉はいつもそのひと言、あとはふさぎこんでいる。

……

「夜、激しい揺れに起こされ、目をさまし、薄暗がりの中であたりを見まわすと、広い船底の至るところで、男と女が重なり合っている。目のやり場に困るというよりは、目を覆いたくなるような光景だった。……

「姉の宏子も、夜毎に同じものを見続けていたのであろう。ある夜、目ざめた私が重なり合った男女を飛び越え飛び越え船底を出て、デッキに昇ってみると、姉が海を見て立っていた。真っ黒な空、真っ黒な海。デッキには灯りもついていなかった。

『ねえ、禮ちゃん、死のうか』

と姉は私を見るなり言った。

『ああ、いいよ。一緒に死のう』

私は軽はずみではなく、自分の言葉として言った。

(「日本へ」同前)

実際にこの文章を書いたのは、無論、ようやく五十歳になろうとするなかにし氏である。だが、文中の語り手として登場する「私」すなわち中西少年は、いぜん七歳の子どもなのだ。

そして、ここに書かれているすべてを目撃しているのが、あくまで七歳のときの彼なのだという事実に思いを致すとき、なにか名状し難い無残さの感情に、私はどうしても囚われてしまうのである。

幸せだった幼少年時代の何もかもを失った姉と弟が、子供心にここまで追い詰められ、絶望してみずから死ぬことへの意志を口にするに至る——その場所が、真っ暗な夜の波高い海のうえであったことは、きわめて象徴的である。

私のこれはまったくの想像だが、以後、なかにし氏の創作活動の根源に、どこかよるべない虚無の影が射すことのひとつの淵源が、じつはこのときの真っ暗な海の記憶にこそあるのではないだろうか。

長じて、立教大学に入学するも、学費が払えず、すぐに退学したちょうどその頃に、なかにし氏はひとつの詩をつくっている。

『帆のない小舟』(一、三番)

星のない暗い海に
船出した　帆のない小舟
あてもなく　波間にゆれて
悲しみの　歌のまにまに
ゆらり　ゆらゆら　ゆらり

ゆらり　ゆらゆら　ゆらり
この世のほかの世界を
夢に見る　帆のない小舟
いくたびも　希み破れて
悲しみの　歌のまにまに
ゆらり　ゆらゆら　ゆらり
ゆらり　ゆらゆら　ゆらり

（なかにし礼『昭和忘れな歌』から抜粋）

「星のない暗い海」とこの詩にあるように、作詞家・なかにし礼の遠い原点をなす最初のイメージが、あの日の引き揚げ船の甲板のうえで、姉とふたり立ち尽くした〝夜の海〟の記憶から来ているように、私には思えてならないのである。

「引揚げ文学」の観点から

「引揚げ文学」という呼び名は、わが国の文芸批評のシーンにおいては、これまでまったくと言ってよいほど聞かれなかった。そのような文学のジャンルが、ことさらに問題にされてこなかったことを、その事実は示している。

これまでも、引揚げ体験をもとに書かれた文学作品がまったくなかったわけではない。有名無名の作家の手になる小説においても、みずからの引揚げ体験をベースにした作品は相当数あったものと思われる。だが、それらが「引揚げ文学」というかたちでカテゴライズされ、研究や批評の対象にされたことは、戦後文学の歴史上ほとんどなかったと言っていい。「引揚げ文学」という括りは、朴裕河《パク・ユハ》『引揚げ文学論序説』（二〇一六年）を待ってはじめて、私たちの前に可視的なものとなった。というより、この独創的な研究によって、わが国の「引揚げ文学」は、はじめて発見されたと言ってよいのではないだろうか。

「（…）植民地・占領地体験とその後の引揚げの体験を素材とした表現者たちの試み」（同書二八頁）――朴はわが国の「引揚げ文学」をこのように説明する。だが、あくまでこれは概略であって、その内実はいくつもの錯綜や葛藤をはらみ、とても一筋縄で概括できるような世界ではない。朴はその辺りの込み入った事情について、次のように書いている。

三十年以上前、まだ学部の頃に『流れる星は生きている』（藤原てい：引用者注）を読んで、わたしは植民地朝鮮に多くの日本人がいたことはおぼろげに知ってはいた。しかしその後も特別に関心を持つことはなく、再び関心を持つようになったのは『水子の譜――ドキュメント引揚孤児と女たち』（上坪隆、社会思想社、一九九三）を読んだ時だったように思う。引揚げの時強姦などの被害に遭った女性たちがいることを知ったことは、以後「加害者の被害」の問題についても考える契機となった。しかしその後、彼女たちの悲惨な境遇が、自分の意志によるものでない妊娠を拒否するだけのものでなく、「帝国」の痕跡――内鮮一体や五族協和といったキャッチフレーズとともに推奨された異民族間の結婚――を消すことでもあったことに気がついて問題は簡単ではないことも分かってきた。しかも、なかには東京にはなお昭和天皇がもとの地位にとどまっていることを知り、「精神とモラル」の中心だったはずの天皇への失望が自堕落な生活へ導いた場合もあって、ことはさらに複雑なのである。

ともあれ、重要なのは、様々な「新しい出発」の試みのねじれた形と共に、その結果としてこぼれ落ちた記憶や存在が多かったことを知ることであろう。そのひとつとして、そのような事態に傷ついた子供たちやすでに生まれていた混血の子供たちをまずあげることができる。子供たちは、「帝国」の記憶をかすかに、あるいは色濃く身体内にとどめていた存在だった。しかし、少年たちも「帝国時代の忘却」を強いる「国民国家」の中を生きながら、しだいに「国民」化していったものと見える。

そうした中で、帝国時代の記憶にこだわり続けた人々がいた。わたしはその人たちを「引き揚げ作家」に見いだし、その作品を「引揚げ文学」と命名してみた。彼らの多くは、引揚げ後も自らを「在日日本人」と認識し、自らの異邦人性を強く自覚していた。

なかでもその意識をもっとも強く持っていたのは、青少年期までの時期をかの地で過ごした結果として、植民地や占領地以外には「故郷」がないと感じていたひとたちである。

（「『引揚げ文学』を考える」前掲書、一三〜一四頁・傍線引用者）

なかにし礼を〝作家〟というその肩書から見つめるとき、自伝的色彩の強い彼の一連の小説作品は、まぎれもなくここで言うところの「引揚げ文学」そのものであり、その意味で彼を〝引揚げ文学者〟の一人と呼ぶことには何の躊躇もいらないだろう。

一九三八年生まれのなかにし氏は、終戦時にはまだ六歳の少年であり、自身の生まれ故郷の記憶としてはかの牡丹江市での日々がそのすべてであった。終戦によってその地を追われ、日本に引き揚げなければならなくなった行程は、従って、まったく見知らぬ土地への強制的な移動でしかなかった。つまりその文学は、幼年時の原体験を植民地での記憶としてしか持ち合わせていない者による純正の「引揚げ文学」だったのである。小説のみならず数々の詩作品をも含めた〝なかにし文学〟総体の本質を考えようとするとき、この事実はきわめて重要である。

「彼らの多くは表面上は帰ってきた『内地』という空間と『帝国崩壊後日本』の時間に同化しつつも、『帝国』時代の記憶を保ち続け、『戦後日本』に対する違和感を抱き続けていた。ある意味で彼らは、戦後日本における精神的ディアスポラだったのである。」（前掲書）――朴のこの指摘は、〝なかにし文学〟の性格を言い当てるためになされたかと見紛うほど正鵠を射たものと言えるだろう。

しかし、自身の満州での体験をもとになかにし氏が小説『赤い月』を書いたのは一九九九年であり、すでに六十歳を超えてからだという事実は、いったい何を意味しているだろうか。たしかに作詞家として大きな成功をおさめたその履歴を見れば分かるように、なかにし氏の作家としてのデビューは非常に遅かった。そのことは同時に、私にひとつの疑問符をも投げかけることとなった。

作詞家として彼がもっとも活躍した青年期から壮年期にわたる期間――それはわが国の戦後復興期から高度経済成長期に相当する――のあいだ、その引揚げ体験の記憶はどのような場所に留め置かれていたのかという疑問がそれである。少なくとも私たちがこれまで見知っている範囲では、なかにし礼が作詞した数々のヒット曲のなかに、こうした引揚げ体験を直接歌ったようなものは見当たらない。では、満州から「内地」日本への強いられた移動というみずからの原体験上の記憶は、その間、意識的にか無意識的にか、彼のなかに封印されてあったのだろうか。

この問題の詳しい考察は本書の第四章にゆずるが、わが国の「引揚げ文学」が、しばしば「忘却」という存在属性との葛藤を体験せねばならなかったとの朴の指摘は、私にひとつの有力な示唆となった。敗戦後、「外地」から「内地」への引揚者総数が六五〇万人にものぼった現実があったなかで、これほどの集合的体験が「終戦」や「原爆」などに比べた場合、戦後における国民的な注目度が明らかに低かった理由について、彼女は次のように述べている。

おそらく、戦後日本において「引揚げ」が、一般に国民の物語になりやすい「受難」の物語でありながらも原爆物語と違って日本人の「公的記憶」にならないままなのは、まずはそれが植民者たちの物語であったことに理由を求めることができるだろう。すなわち「加害者としての日本」を含む物語は、戦前とは異なるはずの「戦後日本」では受けとめられる余地がなかったのである。〈「引揚げ」の忘却〉という事態は、ひとことで言えば、「外地」からの引揚げ者たちが「内地」でおかれることになった複雑な地政学的・思想的・情緒的配置によるものだった。とりわけ強調しておきたいことは、「引揚げ」とは、占領地や植民地との関係でのみ考えられるべきことではなく、「本土（＝内地）」との関係、さらに引揚げ者同士の関係をも考慮に入れて初めてその全容が見えてくるということである。すなわち、占領地や植民地に出かける前の「帝国日本」との関係、帰ってきてからの「戦後日本」との関係、さらに引揚げ者同士の関係を総合的に捉えて初めて「引揚げ」は理解しうる事柄なのである。そして、そのような単純ならざる事態こそが、戦後日本において「引揚げ」が忘却されるにいたった主要な要因であったと私は考える。

（「おきざりにされた植民地・帝国後体験」前掲書、二二四〜二二五頁）

朴がここで概括したような「単純ならざる事態」こそ、「引揚げ者」たちが「戦後日本」において彼らなりの新たな創作活動に手を染めていくなかで、実際に直面せざるをえなかった様々な現実的困難さであっただろうことは容易に想像がつく。〝なかにし文学〟を考察するうえにおいて、作家・なかにし礼を間違いなく襲っていたであろうこれら「単純ならざる事態」の個別的なありようこそ、私がもっとも知りたいと願うところであり、また彼が作詞家として華々しく活動した昭和四十年代を中心においた前後二十年ほどの期間に、一世を風靡することになった戦後期〈昭和歌謡〉というものの本質的側面を考えるうえでも、そのことは明らかにされなければならないと思うのだ。

おそらく、それは「戦後日本」において隠され続けてきた〝異邦人の覚醒〟として、今後、新たな光をあてられていくことになるだろう。

第二章

創作への助走

海のうえの『リンゴの唄』

『リンゴの唄』（作詞 サトウハチロー・作曲 万城目正、一九四六年）は、なかにし氏にとって「残酷な歌」だったという。

私はこの言葉を読んだとき、一瞬、戸惑った。なぜなら、私はずっと今日まで、この『リンゴの唄』こそが、敗戦後、もっともはやく人々に愛され親しまれた楽曲であり、わが国の戦後歌謡曲の出発をつげる記念碑的作品であると信じ込んでいたからである。

よくテレビなどで、なつかしい日本の歌謡曲を流す番組が、むかしはたくさんあった。そのなかで、かならずと言ってよいくらいに流れたのがこの歌だった。

また、ドキュメンタリー番組などで、終戦直後の街の風景の映像が放映されるさいなどに、バックに流れるのも、ほぼ決まってこの歌だった。

私はむろん、リアルタイムでこの『リンゴの唄』を聴き知っていたわけではないが、そうやって、いわば門前の小僧の耳学問のようにしてこの歌を覚えていたのだった。まるで当時のすべての日本人が、この歌の明るい歌詞とメロディに生きる希望を見出していた、そんな風に頭から信じこんでいたのである。

だが、それは私の頭のなかで作りあげられた神話に過ぎなかったようだ。

仮に、多くの日本人にとってはそうであったとしても、この曲を手放しで受け入れることのできなかった人々もまたたくさんいたであろう事実に、私の想像力はまったく及んでいなかったのである。

なかにし氏がこの歌をはじめて聴いたのは、引揚げ船のなかでだった。それはある真っ暗な夜に、お姉さんとふたり甲板から身を投げて自殺しようとしていたところを救ってくれた若い船員の部屋で、だったという。

それは、次のような緊迫した場面として描かれている。

姉と私はフェンスに手をかけ、右足をかけ、心を合わせて、同時に飛び越えようとした。

その時、二人の背中をガシッとつかまえた力強い手があった。

「君たちは何をしようとしているのだ。死ぬなんてことを考えてはいけないよ。元気を出さなきゃダメじゃないか」

日本人の船員さんだった。彼は私たちの肩に手をかけ、ちょっとぼくの部屋へ遊びにおいで、と言って歩き出した。

彼は紅茶を入れてくれた。笑うと白い歯がキラリと光る青年だった。名前は福島誠といった。

部屋にはラジオがあった。彼はそのスイッチを入れた。海の上で、日本の短波が入るのだそうだ。

ラジオから、女の人のうたう明るい歌が流れて来た。

「この歌はね、『リンゴの唄』っていうんだ。今、日本では敗戦の悲しみを忘れて、みんな頑張っているんだよ。『リンゴの唄』を唄いながら、焼跡から立ち上がっているんだよ。君たちも、死のうなんて考えないで、頑張らなくちゃ」

（「リンゴの唄」『翔べ！　わが想いよ』）

なんだかとても象徴的な情景ではないだろうか。

二人にとっての命の恩人であるこの福島青年は、その言動の一端から、おそらくは内地の人間なのであろう。敗戦の傷跡にひきずられるというより、戦後復興にむかう新しい時代の風をいわば全身で呼吸して、そのオーラでふたりを包みこむようにして現れる。

これに対して、この瞬間まで、中西姉弟は子供ながらに生きる希望をすべてなくし、今まさに海へ身投げしようとする寸前にまで追いつめられた、時代から見捨てられた存在だった。そんな絶望のさなかに思いがけず現れた希望の光が、この福島青年だったのである。

だが、なかにし氏にとってそれはなんとも苦い希望であった。

ラジオからきこえてきた『リンゴの唄』は、女の人の声だったというから、歌っていたのは歌手の並木路子だったのだろう。なかにし氏は、はじめてその歌を聴いたときの印象をこのように書いている。

なんという明るい歌だろう。私の母国の日本人たちは、もうこんなに明るい歌を唄っているのだろうか。私たちが、まだ、こうして真っ黒な海の上にいるのに、着のみ着のまま、食うや食わず、命からがら逃げつづけて同胞がまだ母国の土を踏んでいないのに。なぜ平気でこんなに明るい歌が唄えるんだろう。どうして、もう少し、私たちの帰りを待っていてくれないのだ。『リンゴの唄』は私にとって、残酷な歌だった。おいてきぼりをくったような、仲間はずれにされたような、存在を無視されたような、悲しい想《おも》いがこみ上げて来て、私は『リンゴの唄』を唄いながら、泣いた。（同前）

決定的に食い違っていたのは、まさしくそこに流れている時間の速度だったのではないだろうか。

母国・日本といっても、中西少年にとってそこは、まだ見ぬ異国の地といってよかった。やはり自分の本当の故郷は、満州の牡丹江だったのである。

だが、その帰るべき故郷はすでになく、自分たちはいま、寄る辺のない引揚船にのせられ、みぎもひだりも分からない真っ暗な海の上を進んでいる。

中西少年のうちがわをこのとき流れていた時間は、まだあまりにもつらい過去をひきずったままのものだっただろう。それに対し、ラジオからきこえてきた『リンゴの唄』が告げていた故国を流れる時間は、すでにそんな暗い過去とは決別し、どこか知らないずっと先の明るい時代を告知するもののように思われたのだろう。

中国の遼寧省瀋陽市の近郊にあった葫蘆島（コロ島）——当時、ここは在留日本人送還のための拠点となっていた——から佐世保まで、引揚船での二週間の航路が意味していたのは、たんなる海上での移動時間なのではなく、戦中から戦後にいたる歴史の激変にさいし、いやおうなく中西姉弟をのみこんでいった時空の裂け目そのものだったように思う。

なかにし礼の創作への助走は、すでにもうこの時に始まっていたのではないだろうか。あるとき、そう私は確信するに至った。

運命の契機について

詩や小説などおよそ文学をこころざす者には、本人にも明確には意識されないものの、少年期のはやい時期のどこかで、なにか思いもよらない運命の契機がかならず訪れているものだ。だが、それが何なのか、どのようなものなのかをひとことで言いあらわすのは極めてむずかしい。なぜなら、それこそが文学者にとってはじぶんが生きる原点そのものを、無意識のうちに規定しているものだからだ。

わが国でも広く読まれた小説で、作家トーマス・マンの自己告白的な作品として多くの日本人作家にも影響を与えた『トニオ・クレーゲル』のなかに、じつに印象深い一節がある。

（…）人間的なものを演じたり、弄んだり、効果的に趣味ぶかく表現することができたり、また露ほどでも表現しようという気になるにはですね、われわれ自身が何か超人間的な、非人間的なものになっていなければならないし、人間的なものにたいして奇妙に疎遠な、超党派的関係に立っていなければならないんです。様式や形式や表現への才というものがすでに人間的なものにたいするこういう冷やかで小むずかしい関係、いやある人間的な貧困と荒廃を前提としています。どのみち健全で強い感情は没趣味なものですからね。

（高橋義孝訳）

文学作品が人間の根源的領域の表現であることは間違いないところだろう。しかし、そうした〝人間的なもの〟を表現するはずの作家自身が、「非人間的なもの」であり「人間的な貧困と荒廃を前提」にしているのだとマンは言うのである。

これは、いったいどういうことだろうか？

ひとつの解釈としてありうるのは、文学表現の技法にかんするものだ。つまり、人がなんらかの感情にどっぷり浸かっているときほど、その意識は文学表現から最も遠い場所に追いやられているという基本的な洞察である。

たとえば悲しみの感情を表現するとき、ただ「悲しい」とだけ書いてもそれは芸術表現にはならない。作家は自分が表現したい感情の流れからいったん身を引きはがし、一定の距離をおいてその感情の微細な襞をくまなく観察し、そして、それの言語的対応物をさまざまな文学的表現として配置するのである。人間的なものに対する「冷ややかで小むずかしい関係」とはこのようなことであり、それについてはこれ以上こみいった説明は要しないだろう。だが、本当に問題なのは、作家のこうしたあり方が人間としての「貧困と荒廃」のうえに立っているのだという、さらにその先にある認識なのである。

人間存在の本質を穿つほんものの文学表現をうちたてるにあたり、作者は非人間的な存在になっていなければならないというこの指摘は、人が文学創作に真摯に向きあうに際し、私にはきわめて重大なことと映る。なぜなら、作家にとって自分自身の宿命の色濃い影が、そのことによって、ここには否応なく意識されはじめるからである。

この問題を考えるには、近代以降の文学のあり方について、大きくふたつの共通認識が必要になってくる。

ひとつはそこで目指された文学が、徹頭徹尾、孤立した個人の内面から発した、個人による、個人のための文学であること。そして、もうひとつは、それらの個人を根底でささえる最後の受け皿となるような絶対的存在はすでになく、あるとすればそれはまったき虚無なのだということ。このふたつである。

近代以降に個人が文学表現の担い手になった背景には、私たちが人間らしく暮らしていくために本来必要とされるべき共同体が、取り返しようもなく失われてしまった近代社会に特有の都市化された現実があった。社会的生産の産業化が進展したことにより、大都市と伝統的農村との乖離は決定的となり、個人にとって大都市は不安ばかりがうずまく新たな異郷と化したのである。

なかにし氏にとって決定的だったのは、近代文学に陰画《ネガ》のように付きまとうこうした大文字の〝宿命〟を、自分自身の幼少年期の生々しい体験を通して、我知らずその身に時代の記憶として刻印されてしまったことではないだろうか。

六歳で牡丹江を脱出し、七歳をハルビンで暮らし、八歳で日本の土を踏んだ私は、以来四十年を生きている。が、あの一年二ヵ月にまさる飢えと恐怖に襲われたことはない。あの一年二ヵ月にまさる失意と絶望に落ち込んだことはない。

（「転校生の歌」同前）

少年期におけるこの「一年二ヵ月」は、なかにし氏にとって、ありとあらゆる「非人間的なもの」をその目に焼きつけざるを得なかった、まさに宿命的ともいえる痛苦の時間だった。彼がここで言及する「飢えと恐怖」あるいは「失意と絶望」は、トーマス・マンが『トニオ・クレーゲル』において主人公の口から言わせている「貧困と荒廃」に、私にはまさに重なりあって見える。しかも、なかにし氏の場合、それは戦争というドラスティックな極限状況の体験として、年端もいかぬ少年期に、まさに巨大な災厄のようにしてわが身に訪れたのだ。

もし、なかにし氏の文学創作の原点が、みずからの人生のこうした経緯のなかに潜んでいるとするなら、すでに彼はじぶんを「非人間的なもの」の渦中へと追いやったあの〝戦争〟という現実、その固有の体験を掘りさげていくことで、はからずも近代以降の文学が孕む普遍的なトラウマの本質にまで、知らずしらずのうちに身をもって降下していたことになる。よしんば、それがこのうえない不幸をともなう体験に他ならなかったとしても、むしろ時代の側が彼にそれを要求して止まなかったのだと言うしかない。「引揚げ者」としての出自が、自分の意志のあずかり知らぬところで、こうした苛酷な運命をひきよせてしまったのだ。

なかにし氏が文字通り、自身の文学の集大成のようにして上梓した小説『夜の歌』（二〇一六年）のなかに、とりわけ印象深い記述があった。

主人公の「私」と、対話の相手である不思議な「ゴースト」とのやり取りのなかで、こんな会話が交わされている。

「いいものを見せてもらったわ。これで君の謎がすべて解けた」

交換機をはずしながらゴーストは言った。

「ぼくの謎？」

「そうよ。君の謎。君が求めてやまなかったもの。すなわち、君の言葉よ。その言葉たちがこんなにたくさん落ちてきてくれたじゃないの」

二秒ほど間があった。

「そうだ。戦争だ！」

私にもすべてが分かった。

これで私は闘える。
私には武器がある。その武器とは、私の言葉だ。戦争によって色濃く染め上げられた言葉である。私がどんなに逆らおうと、私がどんなに否定しようと、その言葉たちは厳然として私の中に存在しているのだ。

（第五章　春の嵐）

作品からたどる事後的な解釈からみても、なかにし文学誕生の原点に、運命の契機はこうして「戦争」というかたちで、なかにし氏の記憶の奥深くに人知れず打ち込まれていたのである。『夜の歌』に登場する「ゴースト」は、なかにし氏の内面の声の代弁者でもあり、また文学的に創出された分身といってもいい存在だが、それ以上に、作品の創作をささえてくれる霊的《スピリッチャル》な善き導き手でもある。文学創造がいやおうなく直面せざるをえない虚無の深淵から、もう忘れかけていた遠い記憶を呼び起こさせ、これから進むべき道を指し示してくれる超越的な存在が、この「ゴースト」なのだ。

〝戦争〟――この二文字は、なかにし文学の経験においてある種絶対的な地歩を占めている。〝戦争〟がなかにし氏の創作活動を動機づけている決定的な体験だったことが、「ゴースト」とのこうした対話を通して明らかになる。

なかにし氏にとっての〝戦争〟は、近代以降の文学における絶対者、つまり「神」が不在であるこの世界に、不幸にも降り立つことを強いられた孤独な異邦人、その彼を怒れる復讐者として再登場させずにはいなかった、「神」の対極にあるもうひとつの残酷な絶対者に他ならなかったのである。

小・中学校時代の影と光と

1〈影〉について

〝戦争〟がなかにし氏を孤独な復讐者として目覚めさせた運命の神だとしたなら、その巨大な現実の細部をかたちづくる日々の生活において、もうひとつ次元を異にする身近な闘争的側面が必ずあったはずだ。

それはいったいどのような現実としてやって来たのか？

なかにし氏の小学校時代の過ごし方のなかに、それを知るヒントがあるように思われる。

中西少年の一家は、内地へ引き揚げてきてからまず北海道の小樽に居を構え、ついで青森、東京というように転居をくり返すのだが、当然ながら学校に通いながらの引っ越しは本人にとっては転校しながらの移動ということになる。なかにし氏はそれについて、次のように書いている。

日本へ着いた私たちは、北海道の小樽に住み、東京に住み、青森に住み、その町の中でも引っ越しを繰り返した。小学校だけでも私は六つかわった。満州・牡丹江の円明小学校、ハルビンの寺子屋みたいな塾、小樽の手宮西小学校、東京・初台の幡代小学校、青森の長嶋小学校、古川小学校。そして、中学校も二つ。青森の古川中学校から東京・品川の荏原第三中学校へ。

（「転校生の歌」『翔べ！　わが想いよ』）

幸か不幸か、私自身は転校の経験が一度もない。しかし、時折、新しい転校生がクラスにやってきた時など、彼らの姿をみるにつけ、それがもし自分だったとしたらいろんな意味で大変だろうなとよく思ったりもした。

十歳前後のころに何度も転校しなければならぬ身になることは、子供にとってかなりの精神的負担である。だから、この時期に何度も学校を変わらなければならなかった経験は、間違いなくなかにし氏のパーソナリティの形成に、大きな影を落としたに違いない。

私にとっては、母国日本へ帰ってきたこと自体がある種の転校だった。そのあとにつぐ転校に転校。私の中で、何か大事なものが変化を起こしたことはたしかだと思う。

一年二ヵ月の引き揚げ体験という液体をフラスコに入れて、転校という運動を与えつつ、熟して出来上がった物質の色が、たぶん私という人間の青春前夜の色だったのだ。

（同前）

転校生の処世術というのか、あるいはメンタリティというのか、彼等にはその他の在校生にはうかがい知れない独特の不文律があるようだ。勉強でも運動でも一番を取ってはいけない。なぜなら、嫉妬され憎まれるから。また、ビリでもいけない。なぜなら馬鹿にされいじめられるから――こう、なかにし氏は言っている。そして、実際に中西少年は青森県の学校時代に酷いいじめに遭っていた。辛かったいじめの体験について、なかにし氏はこのように述べる。

あと一歩で、青森は私の第二の故郷になったのに、それを邪魔したものがある。それはイジメだ。

小学校のときはA君。中学校のときはT君、N君、Y君、Y君、S君、K君。学校に行くのがイヤになるほど苛《いじ》められた。今でも、彼らの顔を思い出すとおぞ気でふるえる。一体、私がどんな悪いことをしたというのだ。どう考えても何もない筈《はず》なのに、私はイジメの対象になった。くりかえし、くりかえしだ。

母が古着屋をやっていたから、人よりはいいものを着ていたこと。津軽弁がうまくなかったこと。勉強がかなりできたこと。絵がうまかったこと。先生に可愛がられたこと。それが気にくわないというのか。

雪の降り積もった神社に呼び出される。彼らは、醜い下品な顔になっている。私一人を囲んで六人の悪童。ゴムのスリッパでひっぱたかれ、みぞおちをなぐられ、アッパーカットをくらわされ、さんざんなぐられ蹴られ、最後には丸太ン棒で頭を一撃されて、血だらけになって、雪の上に卒倒した。

あのときの痛みはそのまま心の痛みとなって、私の中に残り、青森を第二の故郷と呼ぶことを拒否している。

（「第二の故郷」同前）

青森の小・中学校時代に受けたこのいじめの体験は、文字通りなかにし氏のなかに深い傷跡を残した。二〇一七年九月に放映されたNHKの番組「インタビュー・ドキュメント　自伝　なかにし礼〜わが恋　わが愛　わが命」のなかで、なかにし氏は当時住んでいた界隈を再訪し、当時のことを思い出しながら、自分にとってそこでの「苛め」がいかに辛いものだったかということを縷々回想している。

間違いをおそれずにいえば、そこでのいじめ体験は中西少年が「引揚げ者」の子供だったことに深く関わるもの、言い換えれば真に宿命的なものだったと言えるだろう。

『引揚げ文学論序説』のなかで、朴はこの問題についてはじめて文学研究の視点から卓抜な分析の光を当てている。彼女は苛酷な原体験を強いられた彼ら「引揚げ者」の子供たちが、「日本に帰ってから出会った『祖国』における『内地』体験や認識はきわめて複雑なもの」であって、それは実に「劣等感と優越感の入り混じったもの」（四〇頁）だったと述べている。そして、「引揚げ者たちが使用していた『言葉』もまた、彼らの異質性を際立たせ、本土の均質性に亀裂を入れるものとして差別の対象となっていた」（四二頁）と論じた。おなじく「引揚げ者」だった作家の後藤明生や大藪春彦、また漫画家の赤塚不二夫などの言葉を幅ひろく拾い上げながら、次のように書いている。

「方言が物凄く強い」田舎で、「お前のいうことはよくわからない――それでずい分いじめられた」とする、漫画家、赤塚（不二夫：引用者注）の言葉は、戦後日本において、「田舎」といえども「内地」人としての中心意識を共有しており、その上での周縁差別、つまり外地差別や引揚げ者差別があったことを教えてくれる。しかも、植民地・占領地の都市部の多くが本土の田舎より文明化されていたことを考え合わせると、このような差別の構造のねじれも見えてくる。すなわち、植民地に対する帝国の差別意識は「文明化」された側としての優越感に支えられていたにもかかわらず、そのような差別構造が、「内地人」と引揚げ者との間では必ずしも成立していなかったことがわかるのである。そこでは文明度よりも定住者としての権力が発動され、引揚げ者たちは都会・田舎といったそれまでの差別構造を超えたところで差別されていた。引揚げ者の成績が「上位」（後藤明生）だったことも、占領地・植民地の文明度を暗に示すものだったが、それは引揚げ者たちのひそかな優越感を支えはしても彼らの居場所を作るほどの功はなさなかった。そこで彼らは「わざと負ける」（同）ような屈折した選択をくり返しつつ、「本土」の人びとに表面的に同化しながら「帝国後日本」を生きていくことになる。

（「おきざりにされた植民地・帝国後体験」前掲書、四三～四四頁）

なるほど、難しく悩ましい問題である。つまり、自分に火の粉がふりかかってこないようにするには、突出して目立ちすぎないようにしながら、同時に一定の存在感を維持し続けなくてはならない。大人でもこうした課題に対処するのは、けっこう難しい。朴は彼ら「引揚げ者」の子どもたちの「内地」でのこうした体験が、以後、「異邦人」としての自己認識を育てていく結果になったと論じているが、私の眼からすると中西少年もまさにその例に漏れなかったどころか、むしろ典型的な差別の構造のなかに立たされていたであろう事実にはたと思い至るのだ。加えて、なかにし氏の場合、転校をつぎつぎとくり返したという個別事情が、そうした「異邦人」感覚をより一層助長させることに繋がったのではないだろうか。

その当時の中西少年のことを、後年、なかにし氏はこうも描写している。

学芸会でも運動会でも主役になったことがない。いつでも、転校してゆくと、学芸会とか運動会の始まる前か、終わったあとだった。私はいつも、役まわりもなく、ぼんやりと舞台を見上げていたり、にぎやかな運動場をながめていた。

だから、友達も出来なかった。学校の校歌もおぼえなかった。おぼえてもしようがない。また、転校するんだと思いつつ、朝礼の校歌を唄っていた。愛着を持つことの、恐さ。

（「転校生の歌」『翔べ！　わが想いよ』）

ここで言われている「愛着を持つことの、恐さ」には、二重の意味が読み取れる。せっかくいまの学校に愛着をもてたとしても、すぐに転校してしまうとすれば、またそれを手放してしまうことになる。安定した日々の生活環境に、また亀裂がはいってしまう。子供心にやはり、それは悲しく寂しいことだったに違いない。素直に考えれば、ここは、そうしたことに対面しなければならない「恐さ」を言っているのだと読めるだろう。

だが、当時の中西少年の気持ちの根底にあったのは、もっと深いところに起源をもつ「恐さ」だったのではないだろうか。

自分自身、もうすでに故郷を喪失した人間であるという、自分の力ではどうしようもないつらい宿命を、嫌でもそうした「転校」のたびに、二重に思い出されてしまうこと――その痛みに直面させられることの「恐さ」のことを言っているように私には思われるのだ。

「友達も出来なかった」という述懐の裏には、なかにし氏が背負いこんだ見過ごすことのできないある運命の一端が、まちがいなく顔をのぞかせている。というのも、いくら転校が多いとはいえ、そんな細切れのような学校生活のなかでも、ふつう友達はできるものだからである。地域社会との結びつきが大人ほど立て込んでいない子供であれば、なおさらだ。

深読みをするなら、それでも友達ができなかったとすれば、それは度重なる転校のせいではなく、中西少年の胸のうちにこそ何らかの要因があったはずである。

中西少年の身に兆すこうした孤独の影のようなものが、私はとても気になる。この影は、少年・中西禮三と将来の作家・なかにし礼を、見えない通路で繋ぎとめるもののように思えてならないのである。

ひとりの作家が誕生する実存形態の起点に「本質的孤独」を見出していたのは、『文学空間』におけるモーリス・ブランショだった。「私が孤独であるところでは、私がそこに存在するのではなく、誰ひとりいるのでもない、だが、非人格的なものが、そこに存在するのだ」――ブランショはこのような謎めいた語り口で、そのことを説明しようとする。

孤独、それもブランショが言うような「本質的孤独」がもうこのとき、中西少年の心のなかには宿っていたのではないだろうか。

おなじ本のなかで、ブランショはこうも述べている。

私が孤独である時、私は孤独ではなく、この現在のうちにあって、既に、私は、「誰か」(Quel qu' un)というかたちで、私に立戻っている。誰かが、そこに存在し、そこで、私は孤独なのだ。孤独であるという事実は、私が、私の時間でも、汝の時間でも、共通の時間でもなく、誰かの時間である死んだ時間に、属しているということだ。誰かとは、誰ひとりいない場所になおも現存するものだ。

(「I本質的孤独」より)

作家がものを書く作業は孤独な作業である。だが、ものを書くことが単に一人でしかできない仕事だから孤独なのではない。ブランショは「誰ひとりいない場所になおも現存する」誰か、つまり「非人格的なもの」と、さっきまで呼吸していた自分とが人知れず入れ替わる瞬間においてこそ、本質的な孤独があらわれると言っているのである。

私は、中西少年のなかに兆しはじめたこの孤独な「誰か」の影こそが、将来において「なかにし礼」の名前を冠せられることになるもうひとりの実在の、遠い萌芽にほかならないと思えたのである。

2〈光〉について

影があるところには、かならず光がなければならない。

小・中学校時代を通して、中西少年を捉えていた、どこにも身の置き場のないような孤独な境遇が影だとすると、その一方で彼にとっての光となりえたものはいったい何だったのだろうか？

私は、それこそが広い意味での文学だったと思うのである。

子供時代にどれだけ広くその時代の文学に触れることができるかは、やはり家庭環境に負うところが大きい。育った環境の文化度の違いが、その人の成長後の人格形成におおきな影響を及ぼすであろうことは、経験的にも了解できるところである。

満州における中西家が裕福な家筋であると共に、文化的な方面のことにも窓を開いた芸事を好む家風であったことは、幼かったなかにし氏にとってかけがえのない財産であった。

わが家はもともと歌舞音曲、芸事の大好きな家だった。父は謡曲をやり、母は小唄、俗曲を三味線を弾きながら唄っていた。兄はアコーデオンとギターを自己流だが結構ものにしていて、立教大学の学生時代、夏休みに牡丹江に帰って来ると、家の者や使用人を広間に集めて、アコーデオン独奏会などをやっていた。姉は琴を習い、日舞は玄人はだし。しょっちゅう舞台に立っていた。

家には電気蓄音機があり、そこからコンチネンタルタンゴや流行歌が流れていた。そしてよく人が集まった。集まれば宴会となり、宴会となれば歌だった。

日本を離れて満州に生きる人々は歌が好きだった。望郷の想いを込めて歌を唄っていた。『緑の地平線』『無情の夢』『小さな喫茶店』『野崎小唄』『大江戸出世小唄』『むらさき小唄』そして『国境の町』。

私は、かすかに聞こえてくる大人たちの歌声を子守唄に眠った。『国境の町』を唄うとかならず泣き出す大人たちの心の中はわからなかったが、歌の持つ力の不思議さはこの頃から感じていた。

（「映画少年」『翔べ！　わが想いよ』）

牡丹江での、まだ幸せだった幼年時代の思い出が、ここには神話的なオーラさえおびて語られている。このような記述を読むと、ソ連軍が侵攻してくる以前には、この遠く離れた大陸の町にも日本人植民者たちのこうした日々の営みがあり、またそこに集う人たちのごくごく日常的な喜びや悲しみがあり、私たちのいまの暮らしと本質的には変わらない毎日のあったことが、まだもって信じられない気持ちになる。

これらすべてが〝戦争〟によって思い出もろともすっかり失われていったのだ。それは世界がまるごと全部なくなってしまうような体験だったろう。そうした失われた世界のかすかな記憶のようにして、歌が、こうして中西少年の脳裏には焼きつけられていたのである。

歌も、ひろく解釈した場合の文学にほかならない。日本に引き揚げてきてから、暮らしぶりは決して楽ではなかったものの、中西少年のまわりには興味をひくさまざまな文化的刺激が次々と現れるようになる。

そんな少年時代の思い出は、例えばつぎのような挿話からもうかがい知れる。

青森に移り住んだ頃、私たちは小原さんという家の二階に間借りしていた。八畳一間だった。私は押し入れの上段に寝かされていた。子供は寝ろ、と言われて、ゴソゴソ押し入れの藁布団《わらぶとん》の中にもぐり込むと、外で大人たちの話し声がする。これがいかにも楽しそうなのだ。

学徒出陣で陸軍航空隊の特別見習士官として戦地に行っていた兄は無事帰って来ていて、立教大学を卒業し、私たちを東京へ迎えるべく東京で事業を始め、失敗と成功を繰り返しながら頑張っていた。が、まだ、私たちを迎えるまでにはなっていない。時おり青森まで私たちに逢《あ》いに来た。それを喜んで、母も姉も一層はしゃぐのだ。『酔いどれ天使』の三船敏郎が素晴らしいとか、ジャン・コクトーの『美女と野獣』が息をのむ美しさだったとか、なんといっても、男は林長二郎（長谷川一夫）だとか、そりゃあもうキリがない。

そのうち、声色の芸をまじえて、名場面を再現したりする。阪東妻三郎、大河内伝次郎が兄の得意芸であり、姉は轟夕起子の大ファンで、また、流行歌ならなんでも、みんな三番までキチンと知っていた。

（「めざめ」同前）

私にも経験があるが、子どもの時分に早く寝かされたあとなどに、茶の間のほうから聞こえてくる親たちの話し声や笑い声などには、本当に興味をひかれたものだ。自分のまだ知らない世界があるということに、そうやって私たちは徐々に目を開かれていくのである。

中西少年にとって、母や兄、姉とのこうした家族的つながりは、移り住んだ日本という〝異国〟での、心底から安心できる砦でもあったはずである。

無論、学校でのいじめにも遭ったし、引揚者の子どもとしてつらく寂しい思いを味わったことも一度や二度でなかっただろうことは想像に難くない。

だが、家族間のつよい絆と、その庇護のもとで触れることのできたさまざまな文化の香りは、おそらく中西少年に決定的な影響を刻印していったものと思われる。

光は、そうやって中西少年のもとにやってきていたのではないだろうか？

奇しくも日本は戦後復興にむかうとば口にあって、戦後のさまざまな大衆文化が一斉に芽吹き始めていた。歌謡曲や映画、少年少女むけの漫画や児童文学などなど……。

そして、ある日、中西少年はついにこんな決心をする——「よし、今日から文学作品を読むぞ。漫画や冒険小説とはサヨナラだ」（同前）。

彼の思春期が、今まさに始まろうとしていた。

第三章　詩人の誕生

都市文化の洗礼

昭和二十八年の十二月に、中西一家は青森から東京へ移転することになる。

この転居は、なかにし氏にとっても、文字通りの大転機になった。というのも、自身をとりまく同時代の文化の環境が、それによって一変したからである。

地方の都市から東京という街に移り住む、それも最も多感な青春前期の頃にそうした転機に巡りあうことは、少なからずその人の人生に消し去ることのできないスティグマを残すであろうことは、想像に難くない。

私のささやかな経験からも、そのことは間違いないことのように思われる。

東京という街は、私のような地方出身者にたいし、徹底した無関心を装うことにおいて、逆に寛容だったからである。

私が東京の私立大学にはいったのは、なかにし氏が上京した年から数えればかなり後ではあるが、そうした事情はたぶんまったく変わっていないと思う。東京という街は、とにかく、過去のさまざまなしがらみから解放された気持ちにしてくれる、そんな不思議な魔法のような力を秘めた街だった。

想像するに、中西青年に訪れたのも、そのような気持ちの大きな変化だったのではないだろうか。

上京した直後の様子について、なかにし氏はこう述べている。

まるで腰掛けのように品川区立荏原第三中学校に転校し、あわただしく高校を受験した。すると、なんと九段高校へ入ったのである。日比谷、九段と並び称される名門であり、むかしの市立一中である。青森からぽっと出の私にとってはまさに快挙であった。

白線の一本入った帽子をかぶり、紺の背広の制服に身を包んで、飯田橋駅から校舎までのだらだら坂道を歩く私の胸は幸福にはりさけそうであった。（「花の九段生」『翔べ！　わが想いよ』）

なかにし氏自身、「生まれて初めて完璧な学生生活であった」というように、同窓生と一緒に入学して、落第も転校もなく、一緒に卒業できた初めての経験がそこにはあった。

そして、なにより大事だと思われるのは、音楽との本格的な出会いが、九段高校のこの三年間を通してなかにし氏に訪れたことである。

青春時代のなによりの財産は、良き先輩友人たちに恵まれることだろう。

入学してすぐに入部した柔道部の先輩、中山さんと武田さんに、なかにし氏は名曲喫茶に連れて行ってもらった経験を、その当時に感じたであろうような、わくわくする筆致で描いている。喫茶店という空間と音楽鑑賞という時間、そうした新しい都市の文化に触れるきっかけをつくり、それまで知らなかった世界への手ほどきをしてくれたのも、こうした良き仲間たちであった。

（…）一年上のこの二人はいつも、クラブ活動が終わると、二人でどこかの喫茶店に行っているようだった。喫茶店に入るなんて、不良のすることだと私は信じていた。

「中山さん、毎日、武田さんとどこへ行ってるんですか？」

「らんぶるだよ」

「らんぶるってなんですか？」

「喫茶店だよ」

「喫茶店で何してるんですか？」

「音楽聴いてんだよ」

横から武田さんがエヘラと笑うような表情で答えた。

「喫茶店で音楽？　どんな音楽ですか？」

「クラシックに決まってんだろう。ベートーベンとかモーツァルトとかさ」

「えっ、本当ですか。僕も連れてって下さい」

「お前、音楽好きなのか。よし、連れてってやる」

中山さんと武田さんは、神田神保町にある『らんぶる』という名曲喫茶に連れていってくれた。入るとき私は、悪いことでもするようにあたりをキョロキョロしたものだ。　（同前）

名曲喫茶とは、店内に音響機器をそなえ、クラシック音楽のレコードを取りそろえ、客のリクエストに応じて聴きたい曲を流してくれる、そんなサービスを提供してくれる喫茶店のことである。

私たちの音楽鑑賞のスタイルが大きく変わったことで、最近はほとんど見かけなくなったものの、一九五〇年代から七〇年代の終わり頃までは、都内各所で同様のスタイルの喫茶店がいくつも営業していた。

私は、名曲喫茶全盛時代の終盤にさしかかる七〇年代の前半に、東京で学生生活を送ることができたので、かろうじてその雰囲気だけは記憶している。神保町の「らんぶる」は知らないのだが、渋谷駅前にあった「らんぶる」には、それこそ足しげく通っていた。

店内に入ると、そこは確かに異空間であった。大きすぎも小さすぎもしない適度な音量で、クラシックの名曲が流れている。

音響効果を保つためなのか、じっさいの演奏会場の雰囲気を演出するためなのか、外光をいれるための窓はほとんどなく、照明も決して明るいとは言えない。

だが、その昼間でも薄暗い感じが、どことなく隠れ家に潜入したようなそぞろな気持にしてくれる。

特徴的なのは、その座席の配置である。基本的に二人掛けの席が主流で、それが同じ方向をむいて並んでいる。そして、会話はしないのがマナーだ。

なかにし氏もおそらく、こうした非日常的な異空間にはじめて足を踏み入れ、家にいたのでは味わえぬ純粋な芸術時間というものが堪能できる、こうした都市文化の蠱惑的な洗礼を全身で受けることになったに違いない。

このことは、なかにし氏のその後の人生にとって、語り尽せぬほど大きな意味をもつことになったと私は考えるのである。

孤独の肖像

なかにし礼という名前を、私はひとりの詩人に冠せられる固有名として、ずっと考えてきた。中西禮三の名前をもつ一人の人間のアドレセンス期に、まぎれもなく〝なかにし礼〟はその存在の内側からこの世に現われでた。

例えば人は、はじめから詩人に生まれついているわけでは決してない。人はみずからの意志で詩人になるのである。だが、もう一面の真実として、詩人になろうと思っても、誰でもが必ずしもそうなれるわけではない。

いささか古びた言い方を許してもらうなら、本当は、宿命というものが人を詩人につくりあげるのである。

「こうやって、人間は落ちるところまで、落ちてゆくのか」（「帆のない小舟」同前）——昭和三十二年の春に九段高校を卒業したなかにし氏は、それまで家族たちと住んでいた大井町の兄の家を飛び出す。

そのあとは、まさに「放浪」と呼ぶしかない生活が、彼を待ち受けていた。なかにし氏は大学進学をするわけでもなく、さまざまなアルバイトをこなしながらも、アパートの家賃が払えなくなると夜逃げをくり返し、高校時代の級友や先輩の家を転々と渡り歩くことになる。

そして病気を患って一旦は兄の家に戻るものの、またもそこを飛び出して、五反田駅裏のアパートに移ったのだった。〝人間が落ちるところまで落ちていく〟という先の述懐は、この時の心境をなぞったものである。

青春期特有の〝孤独の肖像〟が、ここには顔をのぞかせている。

（…）三畳一間、といっても、六畳間をベニヤ板で二つに割った部屋だった。私の部屋には押し入れがあった。隣の部屋には床の間があるのだろう。隣の家が窓を開けると、ガラス窓が私の部屋の窓に侵入してきた。

家賃五百円。安い筈だ。おんぼろアパート、歩けば抜け落ちそうな廊下。べっとりと汚れのしみた畳、夜になると、油虫がゾロゾロとはい出して来る。二十匹も三十匹もだ。

私は薬局からＤＤＴを、そう、私が日本の土を踏んだとき、一番最初に受けた洗礼、あの頭から吹きかけられた白い粉を袋ごと買って来て、それを布団の周りに土手のように積み上げた。

油虫への防波堤だ。

湿気で重くなったせんべい布団に横になると、二十燭光《しょっこう》の裸電球がぶらさがっている。

（「帆のない小舟」同前）


この三畳一間の「おんぼろアパート」が、なかにし氏のいう最底辺の「落ちるところ」だという記述には、私には文字通りの意味と、それとは別に、裏側に隠れたもうひとつの意味とがふたつあるような気がしてならない。

なぜなら、落ちるところまで落ちたというこの認識は、とりもなおさず、この「おんぼろアパート」の時空間こそが、詩人・なかにし礼としての人生のほんとうの出発点だったということを、暗にほのめかしているからなのだ。

近代都市たる東京のような巨大な街で、親や兄弟とも離れ、社会とのつながりもまったく脆弱なまま、たった独り穴倉のような狭い部屋で、明日につながる明るい展望もないままにただ鬱々と、時計の秒針が進むのだけを見ている――このような境遇は、まさに〈異郷〉に身をおいた者のそれに他ならない。

そして重要なのは、こうした異郷性こそが、近代以降、非常にしばしば、文学や思想が創出されるための普遍的な負の母胎になりえてきた事実である。

世界文学のなかにその先例をさぐると、私はどうしても『マルテの手記』（リルケ）の次のような箇所に行き着くのである。

僕は一人でいても、やはり死の恐怖を感じた。僕は恥を忘れて告白しなければならぬが、無気味な死の恐怖のために夜半ベッドの上に起き上がったことも一度や二度ではなかったのだ。少なくとも起きてすわっていることが何か生きているしるしであり、死んだ人間はすわることもできぬだろうと、僕は真面目《まじめ》にそんなはかない言い訳を考えていた。そのころの僕は、いつも異境のただ偶然に与えられた部屋の中で起き伏ししていたのだ。病気にでもなると、異境の冷酷な部屋は、かかりあいになったり巻添えをくったりするのを恐れるかのように、容赦なく僕を孤独へ突き放した。僕は一人すわっていた。おそらく、僕はひどくおっかない顔をしていたのに違いない。僕に親しく話しかける勇気が、部屋の家具や道具類にはどうしても出てこぬらしかった。わざわざ僕がともした黄ばんだ明りさえ、僕にむいてわざと知らん顔をした。人けのない部屋のランプか何かのように、ただぼんやりあたりを薄黄色に照らすだけなのだ。

（大山定一訳）

まだ耕されていない実存の荒野、という原イメージがここには感じられないだろうか。たんに人恋しいだけの孤独感ではなく、自己存在のずっと深いところから冷気のように立ち昇ってくる実存的な孤独感、とそれを呼んでみてもいい。

いずれにせよ、ここに現われた〝孤独の肖像〟は完全に選び取られたものであって、それを創作にむかう意志の原点となしうるか否かは、ひとえに一時の享楽によってその孤独を紛らし続けるか、あるいはそれを正面に見据えて対峙し続けるかの、その人なりの選択にかかっているのである。

五反田駅裏の「おんぼろアパート」における室内の記述は、私にこの『マルテの手記』の一説を想起させると同時に、ひょっとしてそこが、なかにし氏が最初に対峙したおのれ自身の実存の荒野だったのではないかという想像に私を導いた。

もう、そこから下には真暗な虚無しかない。「二十燭光の裸電球」の光を頼りに、それでも自分はどこかに向けて歩を進めねばならない。

確かにひとつだけ、言いうることがあるように思う。

すでに青森での少年期において、ブランショが言うところの「本質的孤独」を体感していたなかにし氏にとって、その十数年後、青年期に至ったさいに直面することになるこの実存的孤独の現実環境が、それまで眠っていた彼の内面の〝詩人〟を、あたかもゲニウス（地霊）のように覚醒させないはずがなかった。

ちょうどこの頃に、彼の最初の作品「帆のない小舟」は書かれている。

特にハッとさせられる第四番を以下にひいてみる。

運命なら行くも帰るも
ままならぬ　帆のない小舟
この旅路　終わる時まで
悲しみの　歌のまにまに
ゆらり　ゆらゆら　ゆらり
ゆらり　ゆらゆら　ゆらり
ゆらり　ゆらゆら　ゆらり

（なかにし礼『昭和忘れな歌』から抜粋）

「一人で道を歩きながら、また、眠れない夜に天井を見上げながら、私はこの歌を低く歌った」（「帆のない小舟」『翔べ！　わが想いよ』）となかにし氏は語っている。

この作品は、誰からもどこからも依頼されて作ったのではない、後になかにし氏本人が自分で歌ったところの、完全に自作自演の歌詞なのである。

その意味で、私はこれを詩人・なかにし礼の原点に位置する作品と捉える一方で、彼の詩的出発の位相をみごとに象徴しているものだとも考えるのである。

「私は自分の暗い青春が好きだった。ひもじかったが、この青春を何ものかと取りかえたいと考えたことは一度もなかった」（同前）――すでにしてこの言葉が、これからやって来るすべてをある予感とともに語っていたのである。

創作者への道

なかにし氏とシャンソンとの出会いは、御茶ノ水の喫茶店「ジロー」でドアボーイをしたことからだった。

「ジロー」の前身は「ベコー」といい、神田の「らんぶる」のすぐ近くにあったという。

シャンソンという新しい音楽に触れた経験は、なかにし氏の運命を大きく変えることになる。

クラシック音楽に加えて、もうひとつ新たにシャンソンという「部屋」が心の中にできたのだと、なかにし氏は書いている。

「面白いものを聴かせてやろうか」

「なんですか?　面白いものって?」

「シャンソンだよ」

「シャンソン?」

そう言って、中山さんは近くにある『ベコー』という喫茶店に連れていってくれた。

ここはシャンソン喫茶で、シャンソンの愛好家が、コーヒーを飲みながら、フランス直輸入のレコードを聴いていた。

中山さんが聴かせてくれたのは、ジュリエット・グレコのうたう『枯葉』、イブ・モンタンの歌う『パリの空の下』……。

それを聴いて、私はびっくりした。

心にしみ入るようなグレコの低い声、憂愁にみちた余韻。明るくのびやかなモンタンの声が放つ男らしい頼もしさ。知的だ。洒落《しやれ》てる。


（「シャンソン」同前）


ジルベール・ベコー、シャルル・アズナブール、エディット・ピアフ、ジョルジョ・ブラッサンス、ジャック・ブレルといった名だたる歌手たちの歌声に魅了されるのは、もうこうなると時間の問題だった。

昭和を代表する作詞家・なかにし礼が、歌謡曲の作詞をはじめる以前に、シャンソンの歌詞の翻訳をなりわいにしていた事実は、あまり広くは知られていない。

だが、なかにし氏の作詞家としての経歴を考えるうえで、私は彼がシャンソンの歌詞の翻訳からこの道に入ったという事実を、ことのほか重要だと考える。

その理由は、言葉で芸術表現をする者にとって、生まれ育つなかで身についた母語と、自分が国籍を有するネイションの国語、そして翻訳対象となる外国語との関係は、作品創作において本質的な意味をもつからである。

なかにし氏の場合、母語は両親の話す日本語そのものだったことは言うまでもないが、国語はほかの日本人とおなじく口語体の日本語となるべきところ、少なくとも作詞のプロセスにおいてはそこに遠い異国のフランス語が介在したのである。そして、その特殊な事情が、なかにし氏の歌詞作品の成り立ちに多大な影響を与えたことは間違いないものと思われる。

その影響の痕を個々の作品にそって見ていく前に、そもそもわが国の近代詩というものが、外国詩の翻訳をとおして成立してきた経緯があったことを、ここで改めておさらいしておきたい。藤井貞和は『日本文学源流史』（青土社）のなかで、この間の経緯を次のようにまとめている。

近代詩の誕生は、前章の終りにふれたように、『新体詩抄』が用意される明治十五年（一八八二）に求められる。文語定型詩であることの限界点は別途に考えるとして、重要さはそれの中心が翻訳詩であることにあろう。書き手や読者はその時以来、現代詩の制作に至るまで、日本語による〝翻訳詩〟を、最初は見よう見まねで、そして次第に本格的に、書き続けまた読まされてきたのではないか。

特に明治四十年代以降、口語自由詩が刻々と優勢になる時を迎えて、世界の詩の一角を日本語で書く、といったていの、ある種の〝翻訳詩〟性を免れなくなった、と思われる。いや、詩はこの国の言語で書かれるからには、〝日本の詩〟というような、短歌などに取って代わる、〝民族的な〟文学でなければならないという思いが、いっぽうで強まってきたのではないか。そのような民族詩の考え方が広範に疑われることなしに日本風土のうえに進行していった。

ついに近代詩／現代詩は、詩の在り方をめぐり、〝翻訳詩〟性からアヴァンギャルド詩にかけての〝世界詩〟性に向かう方向と、新しい〝日本民族の詩〟の創出に向かおうとする方向という、別の方向が深い裂けめを作り出す。それは同床異夢というべき二つの相貌と言ってよいかもしれない。繰り返せば、この分裂こそが、近代詩、現代詩における、アヴァンギャルド～モダニズム系の動きと、萩原朔太郎や四季派という日本抒情詩の流れとの、二つの欲求を形成するに至った真相ということになろう。

（「詩語としての日本語」／第十六章　近代詩、現代詩の発生　三四九～三五〇頁）

重要な指摘だと思われるのは、明治四十年代以降のわが国の口語自由詩が、モダニズム系であるか抒情詩系であるかを問わず、ともに〝翻訳詩〟の性格を持たざるを得なかったということだろう。

言い換えれば、わが国の近代の詩人たちは、自らの母語である日本語を使って詩作する際には、それをあたかも外国語を介した翻訳文のようにして作りあげざるを得なかったという葛藤が根強かったということだ。

そして、誤解を恐れずにいえば、旧満州に生まれ、幼少期をその地で過ごしたなかにし氏にとっては、日本語があくまでも両親の話す母語だったとしても、周囲を中国語やロシア語を母語とする人たちの共同体に囲まれている環境にあって、日本語のネイティビティ性も日本国内での場合に比して、それほど絶対的なものではなかったのではないだろうか。

作詞家・なかにし礼のうちには、こうして明治以降のわが国の近代詩、とりわけ口語自由詩がたどることになる命運を、自身の生い立ちの生存環境において二重に体験せざるを得なかった特異な契機がまちがいなくあったと思えるのである。そのことは、なかにし氏にとって、日本本土が必ずしも故郷ではなく、日本語もそういう意味では両親の話す言葉ではあっても、先験的に帰属すべき国語では必ずしもなかったという事情があったのではないだろうか。

シャンソン歌詞と翻訳詩

シャンソン歌詩の翻訳が、その後、なかにし氏が本格的な作詞家活動にはいっていくスタート地点だったことは、氏自身も自伝等でしばしば書いている。

きっかけは、シャンソン喫茶『ジロー』で働きはじめてから半年後、店にシャンソン歌手の石井昌子がやってきて、なかにし氏にサンレモ音楽祭入賞曲の〝Patatina（小粒のジャガイモ）〟というカンツォーネの翻訳を頼んだことだった。

石井は、「ねっ、あなた、訳詞やってみない。シャンソンの中にはまだまだいい歌がいっぱいあるし、歌手はみんな唄いたがっているんだけど、いい訳詞がないのよ。若くて新鮮な詩を書く人を探してるのよ。ねっ、とにかくあなた、一つ、訳詞してみてよ」（「初仕事」『翔べ！　わが想いよ』より）――こう言ってなかにし氏を口説いたらしい。

なかにし氏は、自伝のなかで次のように書いている。

一晩徹夜して、私は『小粒のじゃがいも』という歌を書きあげた。原詞とは関係なく、童話のような話をつくって、メロディーにはめていった。「月夜の晩に、小粒のじゃがいもは恋するキャベツに抱かれて眠る」といったたわいもない歌詞であったが、書きおえたあと、なにげなく、〝なかにし礼〟とサインを入れたら、意外と絵になった。ペンネームはこれでいいやと思った。

（「一曲五百円」『翔べ！　わが想いよ』）

作詞家・なかにし礼の、記念すべき誕生の瞬間である。

これをきっかけにして、その後、なかにし氏にはシャンソン歌詞の翻訳の仕事の依頼がひきもきらず舞い込むようになる。五反田の「ゴキブリアパート」の一室で、なかにし氏は夜ごとフランス語の辞書を片手に〝翻訳〟という名の詩作に没頭した。この経験は、本人にとって「実に楽しい作業」だったらしい。「クロスワードパズルを解くようなスリルと難解な詰め将棋と戯れるような喜びがあった」とまで、彼は書いている。

ここで、なかにし氏がフランス語の翻訳をどのような流儀で行っていたのか、その詳細を概観しておくことは、決して無駄ではないだろう。なかにし流作詞の秘密の一端に、ひょっとしたら触れることができるかもしれないからである。

彼のシャンソンの翻訳作品のなかには、もともとの原詩がかのボードレールの作になるものがいくつか含まれている。そのなかのひとつ、「恋する二人の死」について、ここでは詳しく見ていくことにする。

恋する二人の死
LA MORT DES AMANTS

香り満つ　褥《しとね》をのべ
棺《ひつぎ》のごと　長き椅子に
君と我　身を伏すとき
花々は　咲き匂う

燃えたぎる　二つの胸
かがり火の　揺れる姿
君と我　鏡のごと
燃える火を　映しあい

秘めやかな　この夕べに
別れゆく　悲しみこめ
つかの間の　花火のごと
死をかけて　愛さんかな
されば　また　蘇《よみが》える
消え果てし　命の炎

（Charles Baudelaire 作詩、L. Ferré 作曲、なかにし礼　訳詩）

この詩は、ソネット形式で書かれた短い十四行詩で、モチーフは別離を余儀なくされた恋人どうしが、一夜の寝床を共にする様を「死」の色濃い影によって隈取った、そんな退廃的な趣きの作品だ。すでに複数の文学者による日本語訳も存在している。

ここでは、四人の訳者による翻訳作品の、それぞれ第一連のみを以下に比較引用してみよう。

深きこと墓穴《はかあな》に似る長椅子《ながいす》と、
ほのかなる香たきこめししとねをば、われらの持たん、
奇《く》しき花、卓上に、かおるべし、
われらがために、美しき異国《よそぐに》の空の咲かせし。

（堀口大學訳）

仄《ほの》かなる香気ただよふ臥床《ふしど》、はた
墓のごと深き寝椅子《ねいす》をしつらへて、
われらがために此処よりも美《うま》しき風土に
咲きいでし、奇《くす》しき花を棚に飾らむ。

＊旧字体は新字体に改めてあります。（齋藤磯雄訳）

寝床には仄かな薫《かおり》を焚《た》きこめて、墓のやうに
深々とした長椅子を　私《わたし》たちふたりは据ゑよう。
二人のために一際《ひときわ》と美しい空の下に花咲いた
世に珍しい花々を　飾り棚の上に飾らう。

＊旧字体は新字体に改めてあります。（鈴木信太郎訳）

私たちのベッドには　きっと　ほのかな匂《にお》いがこもり、
長椅子はお墓のように深々として、
見たこともない花が棚に飾ってあるでしょう、

もっと美しい空の下で私たちのために咲いた花が。

（安藤元雄訳）

これら四つの翻訳は、いずれもフランス文学者の手になるものである。それぞれの訳詩を読み比べてみると、個々の訳者が言葉の表現のどの細部に最もこだわっていたかが判り興味ぶかい。

第一連にあらわれる要素としては、まず長椅子があり、また棚に飾られた花がある。長椅子はそして墓（棺）との比喩関係に置かれている。また、この部屋に香が焚き込められているのも重要な要素である。そして、飾られた花。この花はその美しさに直接触れられることもなく、もともとそれが咲いていたはずの野に広がる空との、完全な断絶の象徴として、詩のなかにあらわれている。

これらの諸要素を、それぞれの訳者はそれぞれの思い抱くイメージ解釈の流れに沿って、日本語文脈の中に流し込んでいるのである。だから、おなじ原詩からこれだけ違った訳詩のバリエーションが生じるのである。

実は、詩の翻訳という作業は、あらゆる種類の翻訳のなかでも最も難しいものの筆頭なのだ。というのも、詩の翻訳に際しては一般的な散文の翻訳のように、ただ単に意味が通じればよいという訳にはいかないからである。

例えば、詩には音韻表現がつきものだが、フランス語と日本語とでは韻の踏みかたがまったく異なるし、そうした音韻の妙味をふたつの言語間でうまくスライドさせることは、原理的にいってほとんど不可能に近い作業である。

さらに、詩には巧みな比喩表現や掛け言葉や寓意などが込められていることが多く、フランス語のある単語の複合的な意味を、そのまま日本語の単語の意味のうえに過不足なく置き換えることの困難等を考えれば、外国語によるそうした詩的表現の効果を日本語の表現として丸ごと再現するなどは、とても一筋縄ではいかない仕事であることが想像できるだろう。

ここで、再び、なかにし氏の翻訳を見てみよう。

香り満つ　褥《しとね》をのべ
棺《ひつぎ》のごと　長き椅子に
君と我　身を伏すとき
花々は　咲き匂う

（第一連）

なかにし氏は「小粒のジャガイモ」の翻訳の際に、「原詞とは関係なく、童話のような話をつくって、メロディーにはめていった」と述べていた。その方法意識が、ここでもはっきりと生かされている姿がある。

つまり、なかにし氏の翻訳にあっては、原語のテキストに沿った忠実な読解は、むしろ背景に押しやられる。しかし、その一方で原詩のなかにちりばめられているいくつかの要素を、寸分損なうことなく取り込んだうえで、表現の余計な言い回しを削りにけずってその上澄みだけを残した、と言ってもいいような作風である。

このような〝超訳〟こそが、実はなかにし氏の訳詩の真骨頂であった。特にそれが、曲とともに歌われる歌詞である場合には、フランス語テキストの逐語的な読解よりも、原詩のもっているポエジーの中核部分を一旦しっかりと心のなかに把握したうえで、再度それらをみずからの日本語で歌いやすい歌詞にまで再構成する技量のほうが問われるのである。日本のシャンソン歌手が、実際に歌ってみて歌いやすいと評判の一連の歌詞群は、作詞家・なかにし礼の手により、こうして生みだされていったのである。

「三拍子」をめぐる問題

なかにし礼が作詞家として本格的に育っていく下地が、こうしてシャンソンの翻訳という仕事から始まったことは、ある意味、象徴的でもある。日本の近代詩の成立が西洋の詩の翻訳を抜きにあり得なかったことは先に触れたが、そうした系統発生の遺伝子をまるで受け継いだかのように、なかにし氏はシャンソン歌詞（仏語）の日本語への翻訳というプロセスを、こうした歴史と二重化させるように個人として踏んでいるように見えるからだ。

だが、それは決して平たんな道行きではなく、みずからの作詞過程における言葉との真剣な格闘を彼に強く要求するものでもあったのである。なぜなら、外国語の原詩が前提される翻訳とは違って、歌謡曲の作詞はまったく何もないところから自分のオリジナルな言葉だけで作品を生み出さねばならず、しかも同時にそれは、西洋詩からの圧倒的な影響関係のもとでしか果たし得ないという大きな矛盾を孕んだミッションだったからだ。

洋楽における「三拍子」という拍動が、なかにし氏にとってはひとつの突破口だった。ワルツ曲などで私たちにもお馴染みの「三拍子」について、なかにし氏はその著作でしばしば言及している。「三拍子」とは、なにより「ヨーロッパの啓蒙思想をその源流とする、古い権力にたいする抵抗の詩、自由を渇望するリズム」（第五夜　銀巴里『黄昏に歌え』）だった。しかし、近代以前までの日本人に「三拍子」はほとんど縁のないものだった。

なかにし氏は次のように述べている。

日本人は大体、三拍子を知らない民族であり、日本の文化とはもともとそういうものだったようだ。万葉の大昔から長歌を朗詠すれば自然と四拍子になり、五七五七七の和歌を歌ってもやはり四拍子だった。五七五の俳句も、声に出して歌ってみれば四拍子になる。なにもかもが四拍子なのだ。私は宮崎県の高千穂までお神楽《かぐら》を聞きにいったが、そこでも三拍子には出会わなかった。変拍子としてはあったかもしれないが、私の耳には聞こえなかった。ついでに各地の民謡を思い出してみる。三拍子らしきものは見当たらない。長唄、小唄、端唄、どどいつ、さのさ、……どこにも三拍子はない。朝鮮半島には『アリラン』や『トラジ』など三拍子の愛唱歌が沢山あるというのに。

（「序章　日本の三拍子」『三拍子の魔力』）

なぜ、ここで三拍子がこれほどまでに問題視されているのか。古来、日本語の詩文において中心に位置する「五七五七七」や「五七五」の風土（音数律）に、明治期から大正期にかけ新しい風のように流入してきた洋楽のリズム（三拍子）が、一旦は根付いていくかに思われたものの、一九二九年の「東京行進曲」（詩・西條八十、曲・中山晋平、歌・佐藤千夜子）の大ヒット以降、それらは「忽然として姿を消し」てしまい、愛国的な歌の隆盛に押されるかたちで日本は戦争への道をまっすぐに突き進むことになった歴史が、なかにし氏のなかでとりわけ問題とされていたからだ。言い換えるなら、大正リベラリズム、大正デモクラシー、昭和モダニズムといった大衆的な「自由の気風」が、軍国主義的な大衆扇動に呑みこまれていくプロセスの符牒として、「三拍子」消滅の事態は捉えられていたのである。

これとまったく同じ問題意識を、詩人の菅谷規矩雄は言葉をつかった表現（表出）意識における内在的過程として理論的に追究していた。「規範としての五音律・七音律からはどれだけはなれたとしても、なお表出の現在の先端で音数律じたいをとらえることが不可欠な固有領域がある——すなわち歌謡である」（『詩的リズム』「二、〈指示性の根源〉について」）との明晰な判断のもとに、菅谷はこの問題の所在をつぎのように言い当てている。

いったい三拍子とはなにか――とひとたび自問してしまうと、わたしはリズム（韻律）にかんするいっさいの自明性をうしなう。なぜならかつてだれも、この問いを理論的かつ思想として問いきったものはいない――とおもわざるをえないからだ。問いの根をあらためてしめすならば、――なぜ日本民族は言語的にも音楽的にも、固有の表現としては三拍子をもたなかったのか。そこには明治以降の〈洋楽〉にたいする、もっとも深い無言の所在がしめされているだろう。（同前）

菅谷において〈拍〉という概念は「心的な規範の外化形態」を意味するものであり、その意味では「洋の東西、時代の古今にちがいはない」こととされる。そして、「日本的なる〈拍〉も、かならず明確な二拍子あるいは四拍子を構成しているし、本質的にはそれいがいではない――ゆいいつ西欧的な三拍子に相当するものがないことにおいて独自なのである」（同前）と断じている。

重要なのは、こうした独自性が、なにも日本語や日本人において遺伝的なものでも先験的なものでもないとしっかり認識することにある。事実、名曲とされるわが国の童謡や抒情歌の大半は三拍子でつくられているのだ。「故郷」「浜辺の歌」「朧月夜」「浜千鳥」「早春賦」「雨降りお月さん」「美しき天然」「惜別の歌」「夏の思い出」「琵琶湖周航の歌」「真白き富士の嶺」「ペチカ」「からたちの花」「ゴンドラの唄」「みかんの花咲く丘」などの馴染みぶかい曲が、どれも三拍子であることを、なかにし氏は『三拍子の魔力』のなかで紹介している。これらの事例からも分かるように、要は三拍子ではまったく軍歌にならないし、また勇ましい行進曲もできないのだ。

「もし戦後の歌謡が、ことばの表現の水準として詩や短歌や俳句と拮抗しうるものがあるとすれば、それは多数の作詞家や作曲家のはてしもない模索が、七五律＝規範を無視したとしても表出の基軸は必然的に音数律にもとめるいがいにないという歌謡の本質にたって、徐々に成果をつみかさねているところにしめされるであろう」（菅谷・同前）――菅谷規矩雄のまさにこうした予言の実践過程として、戦後期〈昭和歌謡〉そして作詞家・なかにし礼の歩みは共に存在したのである。

作詞家への途

なかにし氏がシャンソン歌詞の翻訳で立派に成功をおさめながら、その道を完全に断って、歌謡曲の作詞一本に賭ける転身を図ったのは一体なぜだったのか？　そうした決断に至った核心にある思いが果たしてどのようなものだったのかを、なかにし氏自身の言葉のなかから拾い出してみると、そこに二人の人物との出会いと交流とが大きく影響していたことが浮き彫りにされてくる。

その二人とは石原裕次郎と丸山明宏（美輪明宏）である。

1　石原裕次郎

文句なしの僥倖というものが、来る人のところには来るものだという溜息と感慨とを同時にもたらすようなエピソードが、なかにし氏にはいくつかある。なかでも石原裕次郎との運命的としか言いようのない突然の出会いはその最たるものだろう。

昭和三十八年（一九六三）の夏の終わり頃、学生結婚したばかりのなかにし氏は新妻と二人で伊豆の下田へと新婚旅行に出かけていた。そこでたまたま逗留したホテルでその出会いはなんの前ぶれもなく訪れた。当時、絶大な人気を誇っていた国民的スター、石原裕次郎になんと直接声を掛けられたのである。

そのときの情景を、なかにし氏は次のように回想している。

裕ちゃんは中年の紳士とバアで酒を飲んでいた。ロビーで珈琲を飲んでいる私たちの席から、裕ちゃんの後ろ姿は遠いながらもよく見えた。なぜか裕ちゃんは私たちの方をチラチラと見てニコニコと笑いかけるのだ。私たちはその意味が全くわからないでいた。すると、裕ちゃんは、とまり木の椅子をクルリと回して、こちらを向くと、右手の人さし指を立てて、おいでおいでをした。

私たちは恐る恐る、大スターのそばへ近づいていった。

「今晩わぁ、何か用ですかぁ」

と私は間のぬけた挨拶をした。

「ま、ここに坐って、一杯やれや」

「はあ⁉」

「今な。あんまり退屈だから、ここに坐っている中井さん（故中井景・石原プロモーション専務）と、ロビーでうろうろしている新婚さんの品定めやってたとこなんだ。君たち新婚さんかい？」

「ハイ、そうです」

「じゃ、合格だ。そう、一等賞ってことよ。君たち二人が、このホテルの中にいる新婚カップルの中で一番カッコいいってことよ、というわけで、ま、一杯やろうよ」

裕ちゃんは私のグラスにビールをなみなみとついでくれた。

（「石原裕次郎」『翔べ！　わが想いよ』）

とまあ、これだけなら、超有名人との偶然的な一過性の出会いということで終わっていただろう。ところが、なかにし氏の場合は、終わるどころかこれが作詞家としての文字通りの出発につながったのである。

裕次郎との他愛のない会話のなかで、なかにし氏は職業を尋ねられ、シャンソンの訳詞で食べているると返答したところ、思いもよらない言葉が裕次郎から返ってきたのだ。

「訳詞なんぞ、やめとけ、やめとけ。シャンソンを日本語にしたって、つまんねえよ。なんで、日本の歌を書かないのよ。流行《はや》り歌をよ。俺が歌ってるような歌を書きなよ。もっとも歌ってる本人は歌詞なんぞ、覚えたことないけどよ」（同前）

裕次郎のこのひと言が、なかにし氏のその後の人生を変えた。

まるで神託かなにかのように、「なんで、日本の歌を書かないのよ」という裕次郎の言葉は、そのままなかにし氏の脳裏にふかく刻みこまれた。そして「自信作ができたら持ってきなよ」というその言葉を信じて、なかにし氏は自ら苦心惨憺のすえにようやく書き上げたオリジナル曲「涙と雨にぬれて」を引っさげ、東京・虎の門にある石原プロモーションの玄関の扉を叩いたのだった。

その当時は無我夢中で分からなかったとしても、後のち振り返ると、ああ、あのときが人生の分かれ道だったんだなと思い当たることは、誰にでもある体験だろう。下田のホテルでの裕次郎との電撃的な出会いは、なかにし氏にとってまさにそうした運命の転換点だったように思える。

だが、正直なところ、歌謡曲をつくるという作業は、なかにし氏にとっても初めは決して簡単な仕事ではなかった。そのときのやり切れない思いを、なかにし氏は次のように書き残している。

歌謡曲の一つや二つ、なにほどのこともあるまい。なにしろ私は千曲近いシャンソンを日本語に訳詩し、言葉の魔術についてはあらゆる手口に精通しているんだ、とそう自惚れていた。が、二時間過ぎ、三時間過ぎても、原稿用紙は真っ白のまま。いくら考えても、なに一つ言葉が浮かんでこない。頭が空転している。心ここにあらずというか茫然自失というか、痴呆状態に陥ったようだった。

私は頭をかきむしる。

まず歌とは本来、胸の中にわだかまっている情念がむくむくと立ち上がり、叫び、ほとばしり、破裂した結果、この世に誕生すべきもののはずだ。その情念が私の体内から湧き上がってこない。

私はこんなにも無能な男だったのか。

（第六夜　雷鳴と稲妻『黄昏に歌え』）

そして、この時、はじめてのオリジナル作品を書きあげるに際し、「私が私自身であること以外に、私が誰よりも独創的である方法がない」（同前）のだという、苦悩の果てにやっとのことで手にした深い認識こそが、その後のなかにし氏の人生を決める重要な契機になったのである。

2　丸山明宏（美輪明宏）

翻訳家として活躍していた当時から、じつは創作家としてのアイデンティティをめぐって、なかにし氏は深刻な悩みを抱えていた。歌は「情念の産物」だと主張するなかにし氏が、ひるがえって自分自身の「情念」に向き合ったとき、そこにあったのは「なんの物語も、詩も、個性も、夢も理想もない、ただただださもしい、日常的で俗物的な欲望ばかり」（同前）だったという現実にぶつかっていたのである。それはおよそ「歌」を書くには邪魔なものばかりだったのだ。

翻訳の場合、歌の「情念」はすでにして原曲の詩のなかに内在している。従って、翻訳者の役割は基本的に「そこ（原詩：引用者注）に込められてある情念の形を正しく把握することに心を砕かなくては」（同前）ならないのであって、間違っても自分の情念をそこへ一方的に注入してはならないのである。そのことを裏返していえば、外国語歌詞の翻訳に当たって、彼には自身の情念を封印することこそが求められたことになるだろう。

だが、その一方でなかにし氏は、「原詩原曲ともっと深くもっと緊密に結ばれたい、合体したいという、熱い思いにひたりきっている自分」（同前）の姿にも逢着していた。この「原詩にたいする恋愛にも似た熱い思い」（同前）とは、おそらくなかにし氏の内に、無意識裡に、より直接的な自己表現の欲求をも芽吹かせはじめていた証しに違いないと思われる。しかし翻訳家としてのプロ意識は、極力そうした欲求をなかにし氏に抑制させ、自分自身の「情念」はあくまで間接的な反映として言葉のうえに表現するしかなかったのだ。

そこに現れたのが、当時の「銀巴里」で人気が沸騰していた丸山明宏（美輪明宏）だった。丸山は歌手でありながら、自分でシャンソンの原曲の翻訳までおこない、それを「銀巴里」の客の前で歌っていたのである。さても、なかにし氏は彼のことをこう語っている。

> この原則（翻訳者が自分の情念を抑制すること：引用者注）にあてはまらない人がこの世にたった一人だけいる。丸山明宏（美輪明宏）だ。彼の訳詩は、彼の情念そのもののオリジナル作品のようなものである。彼にとって原詩は、彼の情念を表現するための素材もしくはきっかけでしかない。彼の場合はそれが正しい。なぜなら、歌うほうの丸山明宏はもっと大きな情念の塊をかかえていて、それを武器に命懸けで闘っている。彼は、歌う丸山明宏のための戦友として訳詩しているのだ。だから、丸山明宏の訳詩した歌が美しいからといって、それをほかの歌手が歌ったりしたら大変なことになる。丸山明宏の情念の蛇にからめとられ、毒に当てられ、半死半生、身も心も破滅に至るだろう。
> しかし私は今、丸山明宏にならなければならない。私自身の情念を出発点として、一つの歌を書かなくてはならないのだ。（同前）

なかにし氏はここで〝訳詩する丸山〟と〝歌う丸山〟とあたかも「丸山明宏」が二人いるかの

ような書き方をしているが、それは翻訳家と歌手という二つの側面をより高い次元において統合的に昇華しえている稀有な存在としての「丸山明宏」、いやもっといえば「丸山明宏」という傑出した生き様そのものを言い当てようとして、このような書き方をしたのだろう。それは歌唱のスタイルにおいても対社会的なスタイルにおいても、ともに挑戦的に挑みかかる戦闘性を失わない生き方として、なかにし氏の眼に映っていたことは想像に難くない。

後に実現した二人の対談において、このあたりの事情があらためて回想されているので、紹介しておきたい。「言葉」をめぐっての会話の部分である。

なかにし◉——まったく、おっしゃる通り。日本人が本来持っていたコスモポリタニズムを失い、論理より感情優先になったのは、言葉の荒廃に原因がありますね。僕にとって日本語は日本人である唯一のアイデンティティだった。だからこそ、日本語へのこだわりがある。僕がたまたまシャンソンの世界に入った頃、すでに〝銀巴里〟で美輪さんは日本語で闘っていらっしゃった。ですから美輪さんには戦友意識のようなものを持っているんです。

美輪◉——だって外野がうるさいんですもの。三島由紀夫さん、遠藤周作さん、吉行淳之介さんとか……変な歌詞で歌ったら、何を言われるか分からない。

なかにし◉——天才に囲まれ、その薫陶を受けていた現場を、僕はリアルタイムで味わいながら、美輪さんの歌や紫の髪、紫の衣装、つまり生き様を見ながらいろんな勉強をしたのですが、その究極は日本語です。そして美輪さんのような方は全世界にたった一人しかいない。「オバケ」と言われ、何を着ようと髪を何色に染めようと、完璧な自由を表現しながら、ここまで世の中に対して説得力を持ったアーティストはいないと常日頃僕は思っています。で、その武器はといえば知的な「言葉」という刀なんです。この刀がとても優れた刀で、だからこそここまで闘えたのだと思う。これがすごく大事な武器だということに、当然美輪さんは気づいていらっしゃるけれど、世間は黄色の髪の毛で目眩《めくら》ましされてる（笑）。

（「美輪明宏『完璧な自由』を生きる麗人」『人生の黄金律　自由の章』）

「私は今、丸山明宏にならなければならない」という、なかにし氏がそのとき抱いた思いは、すなわち、こうした〝言葉の闘い〟にみずからも身を投じる選択を促さずにはいなかったのである。

第四章
歌謡曲と国家の影

衝撃的な告白

二〇一六年九月二十一日放送のNHK「ラジオ深夜便」にゲスト出演したなかにし氏は、司会の須磨佳津江との楽しい生トークのなかでじつに驚くべき告白をした。自身がつくった歌謡曲の歌詞の根っこのところには、すべてあの戦争体験があったというのである。

歌謡曲として作詞した最初の作品「涙と雨にぬれて」をめぐる須磨との会話のなかで、彼は次のように語っている。

なかにし　この歌を書きながら、なんて僕は歌を書くのが下手なんだろう、これ以上書けないんだろうと思った。そりゃあ千曲以上シャンソンの訳詞をやっているわけだから、歌の書き方くらい知ってますよ。男女の心の動き、恋愛心理なんかもいろいろ知っている。でもそれを利用したら盗作とか剽作になっちゃうじゃない。それをしないで自分の恋愛体験のなかから生まれた言葉を書こうと思うと、当時僕は二十五歳だったわけだけど、たいした恋愛をしてないわけじゃないですか。そうなってくると何にも言葉が出てこない。いくらもがいても駄目で、そのときはその歌しかできなかった。とにかくその歌を石原プロに持っていって、結果的に裕圭子とロス・インディオスで出て、そのあとマヒナスターズと田代美代子が歌って、生まれて初めてのヒットショーと、こんなことになった。でもこの歌は本当に下手くそなんだ。僕は自分自身、お前はこんな歌しか書けないのかということで、そこで思いついたことは、僕は戦争体験をしている。この戦争体験というもの、あそこで味わった感情、恋愛とか人間生活とか、（それを）人間関係のなかに置き換えていったら、人生体験としてもっと別な表現ができるんじゃないかな。と、戦争というものと向き合いながら歌謡曲を書くという作業をし始めたことによって、僕は歌を書けるようになったんですよ。（傍線引用者）

（引用は録音データからの書き起こし）

創作者はふつう作品制作にかんして自分の手の内をぜったいに見せないものだ。だから、こうした楽屋裏の話が公共の電波に乗って流れることは、きわめて異例であり、また同時に衝撃的だったのである。

昭和三十年生まれの私は、昭和の歌謡曲の世界にどっぷり浸かって育った世代である。自分が子供だった頃のさまざまな思い出の多くには、その時代じだいのヒット曲の歌詞とメロディーが分かちがたく結びついている世代だ。その私がうまれてこのかた歌謡曲というものにずっと抱いてきたふたつの疑問にも、なかにし氏のこの発言はひとつの回答となるものだった。

はじめの素朴な疑問は、作詞家はなぜこんなにもたくさんの分身をつくりだせるのかというものだった。歌にうたわれ歌のなかでかたるのは、じつにたくさんの人格である。男性もいれば女性もいる。幸せな人もいれば不幸な人もいる。希望につつまれる人もいれば回想のなかにいる人もいる。子供だった自分もいれば親になった自分もいる。そんな多様な人格が歌をささえ、そしてただ一人の作詞家の手によってそれらは生みだされているという事実。それがとても不思議だった。

そしてもうひとつの疑問は、歌のなかに現れるこれら幾多の喜怒哀楽の感情の波は、いったいどこの誰の感情からきているのだろうというものだった。まだよく事情がのみこめないでいた頃は、歌詞よりもブラウン管にうつる人気歌手たちへの思い入れのほうが強く、まるで歌っている歌手その人が喜んだり悲しんだりしているように何とはなしに思っていた。しかし長じるにつれて、どうもそれは違うのではないかということが分かってきた。歌にうたわれた感情は歌手のものではなかったし、もちろん私のものでもなかったし、かといって作詞家だけのものでもなく、もっとずっと大きな誰かの本物の経験からやって来ているように感じられていたからだ。だがそれがいったい誰なのかはずっと分からないできた。

私のこれらの疑問に対して、なかにし氏の言葉はとても良いヒントになったのだ。ラジオでのトークのなかで、なかにし氏はみずからの「戦争体験」をコアにおき、そこで味わった「感情」や「恋愛」や「人間生活」とかを、具体的な人間関係のなかに置き換えていくことでみずから作詞を行ったと述べている。なかにし氏にとって「戦争体験」は、やはり他と取りかえようのない原体験として、戦後になってからもずっと意識され続けてきたことがここからはうかがえる。そして戦後になって、「戦争体験」があれだけ多様な歌詞群へと展開されていったことを考え合わせると、それだけ「戦争体験」がなかにし氏のなかで普遍的な要素を秘めたものだったことが想像できるだろう。

彼はつづけてこうも述べている。

なかにし　ですからね、「恋のハレルヤ」という歌は、僕の第二作目です。なんであんな急にうまくなるんですか。それはね、僕が戦争体験というものを自分の前面に持っていって、戦争体験というものは、一年何ヶ月に渡って逃げ惑って、腹を減らして、着の身着のままで風呂にも入れず大変だったけれど、たったひとつすばらしいことがあった。それは何かというと、いよいよ引き上げが決まって、引き上げ列車に乗って、遼東半島の突端にある葫蘆島というところに皆で着いたわけね。もうボロボロで。砂丘の道を登りつめていって、突端に上がって、ふっと見たら向こう側が真っ青な海で、真っ青な空なんですよ。そこに我々を乗せるアメリカのフリゲート艦がぽつんと一隻いて、白い煙をあげている。風もない、雲一つないいい天気だった。それを見たときに、あの船で日本に帰れるんだと思った瞬間、それはうれしかったわけですよ。この瞬間はひょっとすると、ユーフラテスの岸辺でふるさとに帰ることを思ったユダヤ人ね。『ナブッコ』の「翔べ、わが想いよ〜」という歌があるでしょ。ああいう歌を生み出した、紀元前五八六年のバビロン捕囚の解放のときの喜びに近いものを僕は味わったんだなと思ったわけ。つまりハレルヤじゃないですか。だから「恋のハレルヤ」になったんですよ。

須磨　そこまで深かったんですか！　衝撃を受けてます。
なかにし　だから「恋のハレルヤ」のなかには「愛されたくて／愛したんじゃない／燃える想いを／あなたにぶっつけた　だけなの」とある。愛国心ですよね。国が滅びたとしてもね、風のせいじゃない。沈む夕陽は止められない。日本国家がいま沈没していくけど、これも止められない。愛されたくて愛したんじゃない。祈りをこめてあなたの名前を呼ぶのということであの歌はできあがるわけですよ。それから「ハレルヤ」というのは、僕はユダヤ教でもなければクリスチャンでもないけど、そういう喜びを表現する言葉としてはぴったりだったと思うんですね。
須磨　「あなた」というのは日本だったんですか。
なかにし　日本ですね。満州でもいい。どちらでもいいんだけど、とにかく大きな歴史の流れをとやかく言っても止められるものではない。また国を愛したという気持ちも誰のせいでもない。自分の意思で恋をし、また愛したんだということを恋の歌にしたわけ。
須磨　若いときから本当に深く、哲学的にものを考えてらっしゃる方だったんですね。
なかにし　この第二作目が「恋のハレルヤ」。ここで僕は目が覚めたんですよ。そこで作詞家誕生かな。
（同前）

「恋のハレルヤ」は一九六七年にヒットした歌手・黛ジュンの再デビュー曲である。当時、テレビの歌番組を欠かさずに観ていた私は、当然ながらこの歌もよく記憶している。ただ、正直にいって歌のモチーフがどうもよく分かってはいなかった。子供心に、これが〝終わった恋〟を歌っていることは想像がついた。そしてどこか哀切さを湛えたこの歌を、黛ジュンの歌い方をただ真似て口ずさんでいた。「ハレルヤ」の意味もよく知らずに、である。いや、「ハレルヤ」に籠められた意味を本当に分かっている人は、なかにし氏のほんとうの意図を今にして知れば、その当時は誰ひとりいなかったはずだ。

改めて「恋のハレルヤ」の歌詞を読み直してみることにする。

ハレルヤ　花が散っても
ハレルヤ　風のせいじゃない
ハレルヤ　沈む夕陽は
ハレルヤ　止められない
愛されたくて
愛したんじゃない
燃える想いを
あなたにぶっつけた　だけなの
帰らぬ　あなたの夢が

今夜も　私を泣かす

（「恋のハレルヤ」部分）

なるほど、たしかに読めば読むほど不思議な歌詞である。曲調もそうだが、歌詞のほうも、私たちが喜怒哀楽の複合されたわかりやすい情感へと単純に回帰するのを許さない。語り手はどうも女性のようだ。だが、この女性の本心すら明示的なものとしてはどこにも描かれてはいないのだ。ただ、そこに漂う漠然とした悲しみの実在性だけが「今夜も　私を泣かす」というように、間接的に暗示されるだけである。

言い換えれば、この詩の行間には根拠の不明な〝悲しみ〟が、まるで夕映えの薄雲のように漂うばかりなのである。

この歌詞のキーワードは、断るまでもなく四回くり返される「ハレルヤ」である。「ハレルヤ」はここで何かを意味しているというよりは、ほとんど間投詞に近い。ただ、仮に「主なる神をほめたたえよ」という本来の意味を知っていたとしても、「恋のハレルヤ」を聴いて、これを宗教的な喜びの表現と受け取るのはほぼ不可能である。私も改めて思い返してみると、「恋のハレルヤ」を恋愛心理の葛藤を表現したラブソングとして意識したことはなく、よく分からないながらも恋にやぶれた女性一般のイメージソングとしてのみ了解していたことに初めて気づいたのだった。

ダブル・モチーフという戦略

歌詞のモチーフが、一見したところ誰にも分かりやすい表の顔をもちながら、実はその裏側に隠れた別の顔をもっている――作詞家としてなかにし氏がとったこのような創作上の戦略を、ここでダブル・モチーフ戦略と呼ぶことにしたい。簡単に例えていうなら、それは歌の基本モチーフを二重底にする戦略であり、しかも二重底になっていることは作り手の側だけが了解している事実であって、受け手の側にそのことはまったく知らされない。

受け手にとっては存在していないに等しいこの隠されたモチーフは、従って、それを編みだした作り手にとってのみ、重要な意味があるものだと考えられる。

なかにし氏にとって、その意味とはいったい何だったのか?

そのことを考える準備作業として、私はここでなかにし氏が作詞した歌を、これまで通り商業的にリリースされた歌謡曲としてのみならず、自身の戦争体験を裏に秘めたダブル・モチーフの歌として読み解く練習をしてみたい。あくまでこれは、私が自分の想像力だけをたよりに独断で行うことなので、間違いやピントはずれが生じるであろうことは織り込みずみだ。だが、やってみる価値はある。果たしてそこには、どのような光景が浮びあがってくるだろう。

こんなことを思いついたのは、やはり「ラジオ深夜便」を聴いていた詩人の瀬尾育生から、抜群に面白い歌の解釈を聞かされたからである。瀬尾氏は、奥村チヨが歌った「恋の奴隷」という曲が背後に隠しているのは、戦勝国アメリカと敗戦国日本のグロテスクなまでにバランスを欠いた二国間関係だというのだ。

以下にその歌詞の一部を紹介しておきたい。

あなたと逢った　その日から
恋の奴隷に　なりました
あなたの膝に　からみつく
子犬のように
だからいつも　そばにおいてね
邪魔しないから
悪い時は　どうぞぶってね
あなた好みの　あなた好みの
女になりたい

（「恋の奴隷」部分）

＊歌詞の引用は原則『昭和忘れな歌——自撰詞華集』による。

瀬尾氏は、この歌詞のなかの女性が日本のことで、「あなた」と呼びかけられている男性が実はアメリカのことではないのかと私に話してくれた。

「奴隷」とは、アメリカの軍事的占領下にあり、講和後においてもすべてアメリカの言いなりにしか行動できない、そんな情けない日本の姿を揶揄しているのではないか？　そしてアメリカによってもたらされた戦後民主主義が社会的に定着していくなかで、かつては憎い敵だったにもかかわらず、今は文化的にも経済的にもアメリカ抜きではやっていけないという大衆的な心情を指して、「恋」と呼んだのではないのか？　さらに、一九六〇年の安全保障条約改定に象徴されるように、アメリカの庇護のもとでアメリカに気に入られることが安心を得るただひとつの道になってしまった国のあり方を、「あなた好みの／女になりたい」という呟きに籠めたのではないのか？

なるほど、ダブル・モチーフ戦略の話を打ち明けられてしまった以上、その可能性は十分にあると言えるだろう。無論、証拠はなにもない。しかし、真偽のほどはともかく、一旦そういう目で眺めると、なかにし氏の作詞した歌のなかには、これまでとはまったく違った解釈が可能になる作品がけっこう多いことに気づかされる。

愛する人とのつらい別れの感情を歌った歌詞を、なかにし氏は数多くつくっている。その別れをもたらしたものが、実は戦争だったのではないか……次に紹介するのは私にどこかそんなことを思わせる作品だ。

海鳴り　聞いてた君
初めて　あわした唇も
ふるえて　汐の香が
ふたりを　包んでた
あの恋を　あの恋を
あ………　奪った波よ

愛しながら別れた
二度と逢えぬ人よ
後姿さみしく
霧のかなたへ
忘れな草むなしく
胸ふかく抱いて
窓の灯りともして
あの人を待つの

（「帰らざる海辺」　歌　石原裕次郎）

窓の灯りともして
あの人を待つの

（「霧のかなたに」歌　黛ジュン）

また〝裏切られた愛〟というモチーフも、なかにし氏の作品にはいくつも見受けられる。それらは、過剰なまでの祖国愛を吹き込まれながら、敗戦をさかいに、一切それが否定されてしまった戦後の現実を前にして、心の支えを失った人々の呆然とした気持ちに寄り添うもののように思われるのだ。

命をかけて　愛した私
それでも恋の　終りは来たの
何も言えずに　あなたを見るの
ひとすじ　ひとすじ　あふれる涙
あゝ　命をかけて　愛した私
明日から　誰を愛したらいいの

（「命をかけて」歌　ユミ・ハビオカ）

今日でお別れね　もう逢えない
涙を見せずに　いたいけれど
信じられないの　その一言
あの甘い言葉を
ささやいたあなたが
突然さようなら　言えるなんて

（「今日でお別れ」　歌　菅原洋一）

嫌われてしまったの　愛する人に
捨てられてしまったの　紙屑みたいに
私のどこがいけないの
それともあの人が変わったの
残されてしまったの　雨降る街に
悲しみの眼の中を　あの人が逃げる
あなたならどうする
あなたならどうする
泣くの　歩くの　死んじゃうの

あなたなら　あなたなら

（「あなたならどうする」　歌　いしだあゆみ）

私のあまりにも勝手な想像にまかせて、これまでひろく世に親しまれてきたなかにし礼の歌詞の、恣意的な曲解につながらぬことを祈るばかりだ。読者にはもう少しだけ、私の無謀ともいえるこの読解の試みを許してもらいたい。

なかにし氏の歌のなかには、みずからの弱さをひめた恋する女性のイメージが一度ならず登場する。そして恋の相手の男性のイメージが、私には敗戦国日本を前にした戦勝国アメリカの強大な影を背負う存在のように見えてしまう瞬間がある。

そのタイトルもずばり「自由の女神」という作品を以下に紹介する。

幸せの後を　悲しみが追うの
悲しみの後には　ひとりの私
この部屋の中に　たった二人だけ
何をされてもいい　私のあなたに
奪われてみたい　私の自由を

息もできぬくらいに　くちづけされて
ひび割れた胸を　涙でうずめて
あなたのその愛を　待っている私

私の心に　ぽっかりとあいた
小さな穴から　青空が見える
幸せにふるえ　泣きぬれてみたい
後ろからでもいい　抱きしめて欲しい

（「自由の女神」歌　黛ジュン）

弱い女たるじぶんに愛をもたらすのが「自由の女神」だというこの着想は、あまりにも寓意にみちている。いしだあゆみが一九六九年に歌ってヒットした「喧嘩のあとでくちづけを」も、こうした視点から見ると男女間のたんなる痴話喧嘩の顚末をモチーフにしたものではなく、その背後に「喧嘩」イコール〝戦争〟の後で「くちづけ」つまり〝無条件降伏〟したわが国の終戦史を隠したダブル・モチーフの作品に映るのである。

その歌詞は例えばこんな具合だ。

あなたにしてみれば
ささいなことでも
私にしてみれば　気掛《きがか》りなの
私は弱い弱いおんなと　知ったから
あなたのそばでなけりゃ
生きてはゆけないの
嘘でもいいから　こっちを向いて
喧嘩のあとで　くちづけを

（「喧嘩のあとでくちづけを」歌 いしだあゆみ）

私はくり返し何度でも言うが、いまここに紹介したなかにし氏の作品に対する読み換えは、あくまで私個人の独断と偏見によるものであり、なにひとつ明確な根拠があるわけではない。そこはどうかご理解ねがいたい。

だが、そのような不確かな内容のことを、仮説とはいえなぜかくも長々と述べてきたかといえば、それはなかにし氏がみずから告白した歌詞創作におけるダブル・モチーフ戦略が、いかなる思想的動機のもとに採用されたのかを徹底して考えたいがためである。

解釈をかえることのリスクと意味

なかにし氏が「恋のハレルヤ」の創作動機を明かしたことで、彼のつくった歌の解釈は全体としても個別具体的にも大きな変容を被ることになる。と同時に、創作家がみずからの制作の秘密を明かすさいに生じる撞着的な事態に私たちも直面させられることになる。

なぜなら、ひとつの曲が私をはじめ多くの人々に愛され、共有され、また記憶されてきた歴史というものがあり、その時間的な累積の実在性を後からさかのぼって消し去ることは誰にもできないからだ。たとえ創作家本人の手によっても、である。

しかし、その一方で、創作家本人の口からみずからの作詞にかかわる経緯が述べられ、新たに明かされたその内容が、これまで人々の脳裏にひろく浸透しているその作品への一般的な受け止め方と明らかに矛盾するような場合、そこに口開いているのは誰にも名づけようのないとてもセンシティブな断層なのだと言っていい。

この断層は本質的に、歌に対する私たちのこれまでの記憶をではなく、その解釈を変更するよう迫るものだ。だが大衆歌謡曲としての性格上、そうしたドラスティックな歌詞の意味の組み換えは決してなじむものではないし、なにより歌そのものにとってそれが良いことなのかどうかも問われずにはいないだろう。なぜなら、その行為は、場合によっては、歌がこれまで人々にもたらしてきた良き記憶を台無しにしてしまうことにもなりかねないからである。

なかにし氏がこれらのリスクをまったく意識していなかったとは考えられない。もしそうだとするなら、彼はこうしたリスクを十分承知のうえでみずからの創作動機に関するさきの告白を行ったことになる。そこにはいったいどのような思惑があったのだろうか。

ふたたび彼が語るところに耳を傾けてみる。

NHK「ラジオ深夜便」のなかで、「人形の家」をめぐるなかにし氏の告白は、「恋のハレルヤ」をめぐってなされたそれよりも、ある意味で遥かに衝撃的である。

なかにし　恋の経験なんて僕してるわけないじゃない。したってちゃちいもんですよ。薄汚い、貧しい恋をしてたわけだから。

須磨　モテモテだっただろうなって。

なかにし　モテたってなんの経験にもならないね。やっぱり恋愛っていうのは苦しんでさ、七転八倒しないと経験にならないので。だからそういうふうにしていくと、例えば戦争で日本が負けて、満州に住んでいる我々居留民は日本国によって捨てられるんですよ。君たち居留民をもう我々日本は今後養っていけないし、今後生きるも死ぬも勝手にしろという内務大臣からの通達が来ているわけです。我々は向こうで生きるも死ぬも勝手にしろと言われてるんだけど、そんなこと言われたって周りは中国人だらけで、そんなところで生きていけるわけないじゃないですか。引き揚げ作業はまだ始まってないし。その、国に見捨てられた絶望感ってあるわけですよ。避難民収容所で飲まず食わず、一日二食おかゆ食って生きてるという、そのときの思いを、じゃあ恋に変えてみようじゃないか。となると、「人形の家」になるわけですよ。

須磨　「顔も見たくないほど／あなたに嫌われるなんて」あれは好きですね。

なかにし　日本人でありながら日本国から捨てられるんだもん。

須磨　そんな深い意味があるとは思ってなくて……。いやぁ恋愛ってうまくいくとは限らないしなと思って聞いてましたけど。

なかにし　いまだからそういうことを言えるんですよ。ヒットしたときに言ったらそれは嫌な作詞家だなと思われるに決まっているけれど。そのときは女心のよくわかる作詞家だなと言われていたけど、いまはもうこうやって謎を解き明かしても一向にかまわないと思うから言うんですけど。そうするとね、「人形の家」という歌が、なんであんなに重い恋の歌が書けるんだって当時言われたけど、僕としては極めて自然に書いたわけね。

須磨　大失恋をしたわけじゃないんですね。

なかにし　大失恋をしたのよ。

須磨　国に？

なかにし　国にですよ。だから僕の歌、僕が使う言葉というのは人と全然違うところで醸成されて歌になっていくという作業。ひとつの工場ができたわけ。

須磨　それをずっと通しているということですか。

なかにし　通してますよ。

「人形の家」は一九六九年に、歌手の弘田三枝子が歌って大ヒットした曲である。その内容は、愛する男性にひどく嫌われてしまい、失意のなかに生きざるをえないひとりの女性の悲しい心情を切々と訴える、そんな曲だった。私などは、イプセンの同名の戯曲の主人公ノラのイメージに重ね合わせて、この曲を受け取っていた記憶がある。

一番の歌詞を以下に引いてみる。

顔も見たくないほど
あなたに嫌われるなんて
とても信じられない
愛が消えた今も
埃にまみれた人形みたい
愛されて捨てられて
忘れられた部屋のかたすみ
私はあなたに命をあずけた

（「人形の家」部分）

こうした歌詞から想起されるあまりにも不遇な愛の結末のイメージに、私は少なからず戸惑いを覚えながらも、ずっとこれまでそれを聞き流してきたというのが偽らざるところだった。「恋のハレルヤ」と同様にここでも歌のベースになっているはずの事件らしきものはすでに完了してしまっており、原因がまったく不明の嘆きと悲しみのつよい感情の起伏だけが、ひとりの女性の一人称で吐露されていく。

ただ、私が漠然と思っていたのは、この歌にあらわれる女性がこの時代に実在する誰かなのではなく、どこか遠いところに遥かに思い描かれた非人称なイメージなのではないかということだった。身近な誰かという感じがまったくといってよいほどしていなかったからである。

歌詞のなかの語り手とのあいだに生じてくるこうした薄絹のような疎隔感を、私はどうしても拭いきれずに、永いあいだずっと謎のように思ってきた。なかにし氏の告白を聞いてしまった現在、ようやくその疑問が氷解していくのを感じている。

であるならば、次にやってくる疑問は、なかにし氏がなぜ今のこの時期に、こうした告白をする気持ちになったのか、という点にしぼられよう。

ラジオ番組のなかでも、なかにし氏はその理由をはっきりとは述べていない。しかし、それを匂わせるような発言はあった。「いまだからそういうことを言えるんですよ。ヒットしたときに言ったらそれは嫌な作詞家だなと思われるに決まっているけれど」という箇所だ。また、その少しあとで、「いまはもうこうやって謎を解き明かしても一向にかまわないと思うから言うんですけど」とも言っている。

このような発言から推量できることは、大きくふたつあるように思う。

ひとつは、後のほうの発言で、いまとなっては「謎」を解き明かしてもかまわないからだと言っていることだ。「人形の家」がヒットしてからすでに半世紀以上の月日が流れており、みずからが歌詞にこめた本当の意図をここで披歴したところで、興行的にはおそらく誰にも迷惑がかからないだろうと思われること。

もうひとつは、はじめの発言で、ヒットした当時にそれを言ったら「嫌な作詞家」に思われるだろうけれども、いまはそう思われてもかまわないのだ、という箇所である。ここからは、その当時と現在とでは環境や条件が異なっているという主張が言外に伝わってくるだろう。なかにし氏本人の生活環境がおおきく変化しているという意味もひとつにはあるだろうが、もうひとつ看過してはならぬ要因が私にはあるように思われるのである。

それは、なかにし氏の特別な思想的動機にかかわるものである。

みえかくれする国家の影

「人形の家」の作詞のモチーフについて、なかにし氏は「大失恋」しかもそれは日本という国家への「大失恋」なのだと言っている。歌詞のなかで「顔も見たくないほど」嫌われたのは、実はなかにし氏自身なのであり、私をそれほど嫌った「あなた」とは国家なのだと明確に述べている。それは当時の日本国家つまり大日本帝国とのあいだの「大失恋」だったというのである。

このことは私に、ある強固な連想をもたらす。それがどんなものであれ、それまで秘密とされてきたものごとが意図的に暴露されるときというのは、いつの場合も、暴露する側が暴露される側に何らかのダメージを与えようとする場面においてであろう。従って、なかにし氏のかくれた動機を忖度すれば、彼は自分を見捨てた、それもとことん非情にドラスティックなまでに見捨てた国家なるものに対して、一矢報いようとそのとき考えたのではないだろうか。

「人形の家」の曲想にも注目したい。例えばまっさらな気持ちでこの曲を聴いた人は、いったいどんな感情世界にひき込まれるだろうか。よくよく歌詞を追いかけていくと、そこはとても救いのない、どんづまりのような場所に連れていかれてしまうのではないだろうか。

おなじく大きな悲しみを歌ったヒット曲でも、一九六〇年代のはじめにアメリカでヒットし、その後さまざまな歌手によってカバーされてきた「The End of the World（邦題：この世の果てまで　作詞　シルビア・ディー）」と対比してみれば、その違いが歴然とする。その一番はおよそこんな具合である。

Why does the sun go on shining?
Why does the sea rush to shore?

Don't they know it's the end of the world
'Cause you don't love me anymore?

（なぜ太陽は輝き続けるのだろう？

なぜ海は波打ち続けるのだろう？

みんな世界が終わってしまったことを知らないのだろうか？

だって貴方はこれ以上私を愛することがないのだから）

愛をなくした者にとって、それは世界が終わった（the end of the world）に等しいことなのに、にもかかわらず太陽も海岸の波も昨日のまま、何もなかったかのようにめぐっている。私にとっては世界なんか終わってしまったはずなのに、……という感情表現がこの歌のキーポイントだが、曲調は総じておおらかで、むしろ大きな悲しみのあとでも世界はかわらずに続いていることの安心感が、この曲全体を虹彩のように覆っているのだ。

しかし「人形の家」はそうではない。愛を失って、ほんとうに世界がそこで終わってしまい、その先はもう考えられないような末期的印象なのだ。

「埃にまみれた人形みたい／愛されて捨てられて／忘れられた部屋のかたすみ」――こうした箇所からもうかがい知れるように、いくら失恋をモチーフとしているからといっても、これはあまりに無惨すぎる結末ではないかというのが私の偽らざる感想だった。「埃にまみれた人形」とは、人として最低限の尊厳もプライドすらも失ってほとんどモノと同じになってしまった、そんな酷薄な人間のイメージである。

「私はあなたに命をあずけた」――歌のなかでくり返されるこのフレーズは、比喩ではなくほんとうに命を奪われる瀬戸際までいってしまうほどの強い表現だ。だから、私はほとんど棄民に等しい境遇下で日本へ引き揚げねばならなかった自身の戦争体験が、この歌のベースになっているというなかにし氏の発言を、とても重く受け止めるのである。

戦争――この国家による巨大な暴力行為を腹の底から憎んでいたからこそ、平和な戦後社会にあっても、今後きたるべき新たな戦争の脅威を押しとどめるために、彼はこれまで絶対に明かすことのなかった自身の創作動機を告白したのではないだろうか。

そのように私が思うのには根拠がある。なかにし氏にこうした決心を強いた窮迫というものが、当時と現在とのあいだの時間的隔たりにあるとするならば、その間に大きく変化したもののなかにこそ、そのほんとうの理由があったはずである。つまり、過去のではなく私たちを取り巻く現在の情況のなかにこそ、なかにし氏にあのような告白を促した本当の理由があったと思うのである。それは何か。

彼は二〇一四年に刊行した『天皇と日本国憲法』（毎日新聞社）に収録の「正午の思想――あとがきにかえて」という文章で、アルベール・カミュ『反抗的人間』のなかの「現代の熱狂的信徒は、中庸を軽蔑する」の言葉を引いた後で、「熱狂的な信徒とはまさに私たちの総理大臣のことを指しているといっていいのではないか」と述べ、ついに当時の安倍（晋三）首相への直接的な批判へと矛先を向ける。

なかにし氏はさらに、この本の刊行直後の日刊ゲンダイ（二〇一四年五月四日号）のインタビューでも次のように語っている。

改憲論者とは戦争をしたい人たちなんですよ。日本には米軍基地がまだある。だから、真の独立のために戦争するというのであれば、まだわかる。しかし、彼らは集団的自衛権を行使して米国と一緒に戦争をするために憲法を変えたいわけでしょう？　論理破綻しているし、美しくもなんともない話です。安倍さんはただ祖父、岸信介が活躍した戦前の軍国主義の世の中に戻したいのでしょう。これは極めて個人的な心情で、岸信介を神とする信仰のように見えます。

第二次安倍政権に対するなかにし氏のこうした激しい批判は、いったいどこから来るのか。それはこの政権が、憲法改正を公然と謳い、対米従属をかつてないほど深めていきながら、最終的に自衛隊が米軍との共同歩調を取れるような国家体制を築こうとしている露骨なまでに右寄りな政局運営から来ているだろう。なぜなら、その政策は誰の目からみても、日本がふたたび戦争のできる国に逆戻りすることを意味せずにはいないからである。

なかにし氏は、いまこの国で憲法改正がまことしやかに囁かれるようになった、その元凶が他ならぬ安倍晋三個人であることを見抜いている。そして、その情念が祖父である岸信介への無批判な「信仰」に依っていることを看破する。その結果もたらされるであろう事態が何であるかを嫌というくらい知り抜いている。

実はそれまでの長い作詞家生活を通して、なかにし氏はみずからの戦争の傷痕と、人知れず戦っていたのだ。みずから作詞することを通じてのこの隠され続けた水面下の戦いは、ただ言葉だけを武器にして、戦争体験の背後にうかびあがる国家の影を相手に、途切れることなく継続されてきたのだと言ってもいい。

「戦後レジームからの脱却」をスローガンに第二次安倍政権が発足して以降、それまでなかにし氏を捉えて離さなかったあの悪夢のような〝国家の影〟は、その眼前にきたるべき脅威となって現実に姿を顕したのである。なかにし氏がラジオでみずからの創作動機をオープンにした背景には、想像以上に根深いこうした危機感がまちがいなく波及していたと思われるのである。

第五章 思想としての〈昭和歌謡〉

なかにし礼は〈昭和歌謡〉つまり戦後の流行歌と共にあった作詞家であった。

なかにし氏にとって〈歌〉とははたして何だったのか。この問いかけについて、私たちはいま真剣に考えていかなければならない。そのためにも〝流行歌の思想〟ということを、私はいまいちど原点にたち戻って見直していく必要を感じている。時代がまさしくそのような節目にきていると思うからである。

I

流行歌の思想

私たちの流行歌が、思想を手放してから久しい。だが、この言い方には、若干の留保がいる。〝流行歌の思想〟と私が言うのは、歌のもつ歌詞とメロディーの組合せが、何らかの思想宣伝のための機能を託されている場合を指すのではない。むしろ流行歌そのものが、目に見えない無名な思想を意図せずに体現してしまった姿のことを言っている。

無論、どの時代のどの歌にも、何らかのメッセージは必ず込められているし、それが同時代の大衆意識によって広範に受容されてきたからこそ、流行歌は文字どおりの〝流行歌〟たりえてきた。そこにこめられた人々のさまざまな思いこそが、紛れもなく流行歌の思想そのものである。

現代のヒット曲のほとんどは、私たちが個人で享受することを最終消費形態とする大衆音楽マーケットにおいて隆盛している。そうしたなかで流行歌の思想も、曲のリスナー個々人の多様化した感受性のなかへ、いわば絶えまなく拡散しているというのが実態だろう。

だが、明治以降に時代を限っても、大衆メディアの網目がいまだ未発達だった当時においては、流行歌もまったく違う姿でシェアされていた。

その当時の「演歌士」たちはみずから作った歌を、道行く人々にむかって機会を捉えながらじかに訴えかけるしかなかった。そこでシェアされていたのは、娯楽としての〈歌〉であると同時に、何らかのメッセージをうちに秘めた〈思想〉だった。思想が歌と未分化のまま、大衆意識に訴えかけてゆく条件が、間違いなくそこにはそろっていた。

歌というものの表現形態が、その当時の流行歌と〈昭和歌謡〉とでは、どこがもっとも違っているのか。

なかにし礼における〈歌〉の本質を考えるために、ここで私は少し遠回りをして、この問題を考えておきたい。

演歌が社会批判だった時代——添田唖蝉坊と「演歌」

添田唖蝉坊『流行歌・明治大正史』(注1)を紐解くと、そこには現代のわれわれが慣れ親しんだ流行歌とあきらかに地続きではあるが、現在とはまったく異なるトポスにおいて受容されてきた歌の歴史があったさまを垣間見ることができる。

添田唖蟬坊（本名平吉　一八七二（明治五）〜一九四四（昭和十九））は、明治から大正そして昭和の初期にかけて活躍した演歌士である。「演歌士」といわれても、それが一体どのような性格の職能を指すのか、現代の読者は瞬時にイメージするのが難しいだろう。

ひとことで言うなら、自分の思想や感懐を、みずから作った歌に託して、それを街頭や集会所などで聴衆に直接訴えかけることを、おのれの第一義的な表現行為として自認していた者とでもいえばよいだろうか。言論や思想表現の自由がきびしく制約されていた時代に、しかも識字率も高くなく大衆の教育水準もまだまだ低かった時代に、政治批判や社会批評めいたことを表明し、それを民衆のあいだに流布させようとすれば、おのずとその手段は限られていた。

唖蟬坊が生きた時代、そうした役割をもっとも広範に担うことになったのが「壮士節」とか「書生節」とか呼ばれた流行歌（演歌）だった。

流行歌について彼はこう述べている。

流行歌とは云うまでもなく、或る時期を限って大衆の間に大いに伝唱されるもの丶謂である。然し其の流行なる現象は何処から生じて来るか、此の機微に至ってはしかく簡単ではない。「流行の条件」として、時代好尚に投じていなければならない。大衆の核心（無形の大衆の意志！）に触れていなければならない。如何に優れた歌であっても、右の条件に欠くるものは、単なる歌謡であって、愛唱はされるが流行の域には決して達しない。（注2）

演歌の核心は「大衆の意志」にあり、またその生命は「流行」することにある。何とも明快きわまる物言いではないか。

「流行」するということが、ここではその歌の価値ひいてはパワーそのものだと見なされている。この視点は私にとってとても新鮮に映った。なぜなら、現在、私たちが慣れ親しんでいる「流行」の尺度とは全然違うもうひとつの尺度が、そこには息づいているように思えたからである。

文化の領域で、現在、これと似たような物差しを見出すことは、ちょっと難しい。いま「流行」していることの指標といえば、それは曲の売上ランキングのことであったり、ダウンロード回数のことであったりするが、ここで言われているのはそれとは少し違っている。むしろ大衆意識を腹の底からうごかす歌の力こそが、ここでは「流行」と呼ばれているのだし、それは一人の演歌士の思想、あるいはひとつの結社の主義主張だけでは決して招来できぬ超越した現象であったがゆえに、私にはとても得難いものと映るのである。

歌の歴史を編むということ

「流行歌」すなわち歌の歴史を編む作業が、政治史や社会史、思想史を編む作業と同等以上に意味があると私が思うのは、およそこうした理由からなのだ。ある意味で、それはひとつの時代の歴史の深層部分を、意図せず反映する鏡にもなりうるのである。歌の歴史が思想と交差しうるのは、およそこの一点をおいて他にない。

「演歌」という呼称の起源は、一八八一（明治十四）年以降しきりに歌われるようになった「壮士節」が、みずからを「自由演歌」と銘打ったことに由来する。

当時、社会的に勃興しつつあった自由民権運動の高まりを明治政府は圧殺しようと、活動家（壮士）たちの言論活動に対してはことごとく弾圧を加えた。その結果、彼らは自分たちの主張を「講談」というかたちにカモフラージュして、広く大衆に訴えかけようとする方法をとったが、官憲による言論弾圧がいっそう激しさを増すなかで「壮士節」を歌う者たちのなかに、これを「自由演歌」と称して喧伝する一群の人士が現れた。

つまり、これまで演説や講談にこめてきた主張を、今度は「演歌」の意匠に包んで大衆に送り届けようという戦術的試みが、ひとつの野太い流れを作りはじめたのである。

このような意味で「演歌」の嚆矢に当たるものが、一八八七（明治二〇）年頃に流行った「ダイナマイト節」だった。

民権論者の、涙の雨で
みがき上げたる大和魂
　コクリ、ミンプク、ゾウシンシテ
　ミンリヨクキユウヨウセ

若しも成らなきゃダイナマイトドン
四千餘萬の、同胞《そなた》のためにゃ
赤い囚衣《しきせ》も苦にゃならぬ
コクリ、ミンプク、ゾウシンシテ
ミンリヨクキユウヨウセ
若しも成らなきゃダイナマイトドン(注3)

「ダイナマイトドン」とは何とも物騒なワンフレーズだが、この歌が世に出て以降、それまで「壮士節」と称されてきたオーラルな表現形式は「演歌」と総括して呼ばれるようになる。引用のカタカナ部分は「国利民福増進して民力休養せ」の意味だが、「民力休養せ」は自由党の当時のキャッチフレーズだったことから、あきらかに政治的な風刺をそこに盛りこんで作られたさまが窺えよう。

私たちの流行歌とりわけ「演歌」の原初形態は、このようにきわめて反政府・反権力的な表現意識を母胎としたじつに苦汁にまみれたものだった。私が感慨を新たにするのは、こうした不自由きわまる制約下であっても、人間の表現意欲というものは、このように必ず自由な表出の活路をみずから切り拓いていくものなのだと再確認できたことだ。

「演歌」と新体詩

もうひとつ、演歌の歴史を追っていくなかで私が知見を新たにしたのは、文学史でいうところの「新体詩」が、これら草創期の演歌の運動と意外にちかい場所にあったという事実である。というのもこの時期、新体詩運動を唱道した小室屈山の詩作品がひろく青年層のあいだで愛唱されたという記述が『流行歌・明治大正史』には見えるからだ。小室の作「自由の歌」を一部引用する。

天には自由の鬼となり、地には自由の人たらん
自由よ自由やよ自由、汝と我れがその中は
天地自然の約束ぞ、千代も八千代も末かけて
此世のあらん限りまで、二人が仲の約束を
いかにぞ仇に破るべき、さはさりながら世の中は
月に叢雲花に風、ま丶にならぬのは人の身ぞ……(注4)

この部分を読むかぎりでは、小室のこの詩は七五調のリズムを踏襲し、いわば文学表現上の古い容器のなかに、「自由」という語に象徴される観念の新規性を注ぎ込んだだけという趣きがつ

よく、作品の自立性の面からは物足りない感じがしないでもない。もっとも「今日の人間が今日の言葉で歌ふのに何の妨げがあるか」という小室の持論からすれば、やはり草創期にあったわが国の詩運動が、旧弊の文学表現のさまざまな制約からの脱却、つまりは「自由」を標榜するイデオロギーを起爆剤にして出発をみたことに、「演歌」の方法原理とかんぜんに一致こそしないもののの、ただならぬ類縁性をそこに認めうるのである。

当初、唖蟬坊は「不知山人」「のむき山人」を名乗って社会風刺のきいた演歌を量産していた。しかし日清・日露の戦役をへて明治四十年代（一九〇七年以降）に入り、彼は初めて「添田唖蟬坊」を号するようになる。同時に、この時期の彼の作品には、以前と比較しても社会批判の意識がことのほか鮮明に現れるようになる。唖蟬坊自身の社会主義へのさらなる傾倒がそこに認められるのは、堺利彦らへの接近があったことからも裏付けられるが、それに先立つ日比谷焼打事件（一九〇五年）やその後の大逆事件（一九一〇年）といったその当時の状況的背景からしても、彼の演歌における思想性の顕著な発露には頷けるものがある。

あゝ金の世や金の世や、地獄の沙汰も金次第
笑ふも金よ泣くも金、一も二も金三も金
親子の中を割くも金、夫婦の縁を切るも金
強慾非道と譏ろうが、我利々々盲者と罵ろが

痛くも痒くもあるものか、金になりさへすればよい
人の難儀や迷惑に、遠慮してゐちゃ身がたゝぬ
（「あゝ金の世」より）(注5)

唖蟬坊のおそらく代表作のひとつだと言っていいこの「あゝ金の世」だが、現代にも充分通用するような金権支配への批判がそこには展開されているとはいえ、いま私たちが彼の「演歌史」という思想から汲み取れるのは、じつはこのレベルまでなのだ。少なくとも『流行歌・明治大正史』を通じて、演歌の歴史からさらにその低層を洗っている思潮の流路を跡づけることは、現在の視点からはほとんど不可能と言っていい。

その理由は、歌の作者である唖蟬坊自身の創作意識が、大衆の代弁者たる自認をもってみずからの「演歌」と当時の社会主義思想さらには庶民意識とのあいだを地続きで媒介しうる根拠が、少なくとも「演歌史」という通時的な切り口からは見えてこないことにある。

ただ、ひとつだけ言いうるのは、言論や報道の自由がまだまだ未成熟だった時代において、権力との水面下での闘いがいかなる表現形式をみずから必然化することになったのか、その生きとした姿を唖蟬坊の「演歌史」は今に伝えてくれる一級の資料であることだ。その意味で、「演歌史」という思想はこれから先も真正なジャーナリスティックな価値を保持しつづけるだろう。

（注１）『流行歌・明治大正史』（『添田唖蝉坊・知道著作集』別巻、刀水書房・一九八二（昭和五十七）年）原本は昭和八年十一月二十日、合資会社春秋社より刊行。同版の表紙・函の著者名および序の署名は添田唖蟬坊とあるが、奥付の著者名は息子の添田知道となっている。後年、知道自身が本書は自分が書いたと述懐していることから実際の著者は知道と思われるが、記述の形態からして知道は唖蟬坊の代筆に近い役割を担ったと判断されるため、ここでは通説通り添田唖蟬坊を著者として扱った。

（注２）「流行歌に就いて」前掲書三三七頁

（注３）前掲書三八〜三九頁

（注４）前掲書四一頁

（注５）前掲書二三九〜二四〇頁

※なお、引用にあたってはできる限り原文に忠実に行なったが、旧字体の漢字については一部現代の表記に改めた部分がある。

なかにし礼にとって「歌」とは何だったのか？　とりわけ彼がみずから生みだした作品の大半を解き放つことになった〈昭和歌謡〉というフィールドとは、彼にとっていかなるものであったのか。

そのことを考えるうえで、なかにし氏自身がとても示唆に富む文章を書いている。『歌謡曲から「昭和」を読む』（NHK出版新書）のなかで、なかにし氏は次のように述べている。

平成二十一年（二〇〇九）、イスラエルのエルサレム賞を受賞した作家の村上春樹は、授賞式で、「高くて硬い壁があり、それにぶつかって壊れる卵があるとしたら、私は常に卵側に立つ」と自らの文学的信念を語り、列席していたイスラエル大統領の面前で、イスラエルによるガザ侵攻を非難した。私は一人の作家として、この言葉に共感する。作家はどんな国も支持してはならないし、どんな主義も支持してはならない。支持した瞬間、作家は「主人持ち」になり、その側から発言することになる。それは村上春樹の言葉を借りれば「壁」になることに他ならない。仮にいま戦争が起きたとして、国策に沿った歌を書くように言われても、私は絶対に書かない。それは政治思想の問題ではなく、歌をつくる人間として、あるいは作家として、「主人を持ってはならない」と考えるからである。芸術に携わる人間は、決して自らが「壁」になってはならないのだ。（第四章　戦争を美しく謳った作家たち）

「歌」をつくる者は政治的な権力関係からつねに距離をおくべきだとのなかにし氏の思想が、ここでは「壁」という比喩を援用しながら、村上春樹の授賞挨拶に託すかたちで表明されている。村上春樹は小説家であり、なかにし氏も作詞家であり小説家である。そこで図らずも共有されているのは、作家たるもの決して「主人持ち」になってはならないという、非常にはっきりとした〝自立自尊〟の思想だ。

しかし、「何故?」という疑問が湧く。〈昭和歌謡〉の歴史を語るこの本のなかで、なぜそうした〝自立自尊〟の思想の表明がことさらになされなければならなかったのか?

それは、なかにし氏の作詞家としての矜持を、深いところで支えているものに関係しているのではないだろうか。すなわち、なかにし氏の戦争体験が、ここでも濃い影を落としていると考えられるのだ。

「歌」というものは「直接聞き手の情緒に訴えかける」（九二頁）ものなので、その影響力は計り知れないほど大きいのだとなかにし氏は言う。その場合、想起されていたのは戦争期間中にさかんにつくられ、大衆のあいだに広く流布された「軍歌」というものの存在だった。

例えば本の中でなかにし氏は、戦後まもなく作曲家・山田耕筰と音楽評論家・山根銀二のあいだで交わされた「音楽戦犯論争」について言及している。そのことが、私にはとても興味深く思えたのである。

この論争は戦争が終結した一九四五年の暮れに「東京新聞」紙上において展開された。論争の経緯は、同年十二月二十三日付けの同紙上で山根が「資格なき仲介者」という一文を載せたことに始まる。これは、戦時中に戦意高揚の「軍歌」に多く手を染めてきた山田が、敗戦戦すぐに、進駐軍音楽家との文化交流の仲介者として登場したことを批判するものだった。

これに対して、山田は同じ日付けの新聞に、「果たして誰が戦争犯罪人か」と題する反論を掲載する。山田の反論の要旨は、自分が「軍歌」をつくったのは国民として当然の行動であったという〝愛国無罪〟的な主張がひとつ。それと、戦時中、山根本人が戦意高揚に大いに貢献した「音楽文化協会」の要職についていた事実から、その批判者としての資格を否定するものだった。

私はいまここで、本論争を蒸し返すつもりは毛頭ない。それよりも、そもそもこうした論争が発生する背景に潜む、創作者の意識の構造をしっかりと押さえておくことこそが必要だと思う。

現在の視点からすると、この論争からは、とても重要なある要素が完全に抜け落ちているような印象を受ける。その要素とは、山田も山根も共通して、自身がかつて戦争協力の片棒をかついだという厳然たる事実に対し、いささかの反省も示していないことだ。相手の戦争協力の責任は指弾するものの、自分の戦争協力の責任に関しては、いわばこれを棚にあげて不問に付す態度である。

これと構造をおなじくする問題は、音楽の分野のみならず、文学の分野においても起こっていた。戦後すぐに始まった共産党系の新日本文学会による「文学者の戦争責任」の追及がそうである。

ただし、このときの「戦争責任」の追及は、戦争協力者と目された文学者を公職から追放するといった社会的制裁を伴うきわめて政治的な動きであって、文学者自身の内面にひそむ意識の問題にまで鍾鉛をおろした批判ではなかった。

詩文学の領域で、この問題を、創作者の内面の意識の問題として徹底的に追いかけたのは、『高村光太郎』や『藝術的抵抗と挫折』における吉本隆明だった。そして、なかにし氏が『歌謡曲から「昭和」を読む』の第五章で想到していた問題意識は、まさに吉本がかつて「詩」の領分で問題にしたのとまったく同様のことが、「歌」において初めて問われたケースだったのではないかと私は思う。

なかにし氏はこの章で、「リンゴの唄」などで私たちにも馴染み深い作詞家サトウハチローが、戦争中にはいくつもの「軍歌」をつくっていたという事実について言及している。特に一九四五（昭和二〇）年二月につくられた「台湾沖の凱歌」と、同年の十月に封切られた映画の主題曲「リンゴの唄」とのあいだの大きな落差について注目している。

問題とされている「台湾沖の凱歌」と「リンゴの唄」の歌詞は、それぞれ以下のようなものだった。

海鷲陸鷲　捨て身の追撃戦
慌てゝ遁れ行く　敵艦目掛けて
撃たずば還らじと　体当たりの突撃
忽ち沈み行く　我が翼の凱歌

秋空晴れたり　心も晴れ渡る
諸人忘るゝな　心に刻めよ
決戦の第一歩　輝かしき大戦果
応えて皆励まん　唯皇国の為に

（「台湾沖の凱歌」二番、五番）

赤いリンゴに　くちびる寄せて
だまって見ている　青い空
リンゴは何にも　いわないけれど
リンゴの気持ちは　よくわかる
リンゴ可愛いや　可愛いやリンゴ

あの娘よい子だ　気立てのよい娘
リンゴによく似た　可愛い娘
どなたがいったか　うれしいうわさ
軽いクシャミも　トンデ出る
リンゴ可愛いや　可愛いやリンゴ

（「リンゴの唄」一、二番）

これに続けて、なかにし氏は次のように述べている。

「昭和二十年二月」という発表月に注目しよう。「リンゴの唄」は、レコードの発売は二十一年一月だが、「二十年十月」に公開された映画「そよかぜ」の主題歌として映画のなかで歌われている。とすれば、「台湾沖の凱歌」の作詩から「リンゴの唄」の作詩までの間は、七、八か月ほどでしかないだろう。それが、敗戦をはさんで、これほどまでに詩の内容とトーンが変わっているのだ。その表現の落差には驚かざるを得ない。これはサトウが変わったということなのか、それとも軍歌を書いたサトウはほんとうのサトウではなかったということなのか。敗戦直後に、明るく愛らしい「リンゴの唄」の詩を書いたとき、彼の胸にどんな思いが去来したのかを私は知りたい。

（同書　一〇〇頁）

事実関係は何ひとつ語らないこともあれば、同時に、何かを雄弁に語ることもある。「台湾沖の凱歌」と「リンゴの唄」という、内容的には対極にあるふたつの曲の作詞をほとんど同時期におこなったサトウハチローの胸の内は、やはりサトウ本人にしか分からない。だが、ひとつだけ私たちにも分かることがある。それは、敗戦という国家の破滅的な一大事をあいだに挟んでも、サトウハチローは作詞家としてとくに支障なく仕事を続けることができたという事実だ。少なくとも、そのようにみえることである。

なかにし氏が驚いているのは、おなじ一人の作詞家において認められるこのあまりにも急激で甚だしい「表現の落差」だ。明らかにそこには、サトウハチローの作詞の姿勢に対する批判的な見方がこめられていたと言えるだろう。つまり、「台湾沖の凱歌」は軍歌だからけしからんが「リンゴの唄」は愛唱歌だから問題なしとするような見方を、なかにし氏はとっていないということである。「歌」は人間がつくるものであり、その人がつくった「軍歌」がけしからんのであれば、同じ作者による愛唱歌だってけしからんという評価にならなければ、辻褄が合わない。

このことは、なかにし氏にとっての歌とりわけ〈昭和歌謡〉が、どのような性格のものとして意識されていたのかを私たちに示唆して余りある。少なくとも、サトウハチローのような創作態度から生まれる歌とは正反対のものとして、なかにし礼の〈昭和歌謡〉は意識されていたと考えられるのである。

歌をヒットさせるということ

軍歌から歌謡曲へ、一九四五（昭和二十）年八月十五日をさかいに、わが国の歌の歴史は劇的に変わった。歌のテーマも題材も、一変した。現象面だけを見れば、そういうことになるだろう。だが、歌の本質部分でもっとも変わったものは何だったのか。

ひとことで言うなら、それは国家的（ナショナリスティック）な価値観の称揚から私的（プライベート）な価値観の重視へと、優先順位が完全に逆転したことだ。それに伴って、曲想の傾向も、国家や民族といった世界観を主張する流れから、家族や恋人といった関係性が主流をなす生活観のほうへと大きく舵を切ったことである。吉本隆明の用語を借りるなら、敗戦をさかいに歌の主流は「共同幻想」から「対幻想」の領域へと劇的に変化したということになろう。

歌における愛の対象はもはや天皇陛下や大日本帝国といった遠い存在ではなく、自分の家族や恋人といった身近で親密な存在へと一気に変移していった。そうした時代にあって、なかにし氏は、みずから〈歌謡曲〉を生みだすことよって、そこに何をもっとも一途に賭けたのだろうか。

意外なことに、それは自分がつくった歌を〝ヒット〟させるということだった。

（…）意外に思われるかもしれないが、私はこの作詩の仕事を始めた最初から、歌を書くこと自体を楽しいと思ったり、うれしいと思ったりしたことはなかった。そうではなく、〝私の書いた歌がヒットすること〟が、うれしく、楽しかったのである。
「ヒット曲でないかぎり、歌は歌として存在し得ない」という思いが、私にはいつもあった。
（同書一三九〜一四〇頁）

このように、なかにし氏にとって〈歌謡曲〉の価値とは、それが〝ヒット曲〟であることだった。歌がヒットすることこそが、プロの作詞家としての最大の名誉であり、かつまた誇りでもあったのだ。

では、歌がヒットするための条件とは何なのか。さらに、その場合、人々のあいだに広く共有されているはずのものとは……？

なかにし礼は、それを「閃き」だと言っている。

彼は小説『黄昏に歌え』の作中人物の会話のかたちを借りて、彼の作詞にかかるヒット曲「知りたくないの」（一九六五年）が、発表の二年後にはじめて爆発的に売れ出したことの理由を次のように語らせている。

「（…）ヒット曲というのは、多くの人間の能力が一点に集中して起こす爆発現象には違いないのだけれど、爆薬に点火するのは、作詩家であれ作曲家であれ歌手であれ、一個人の上に落雷のように降りてきた閃きの一撃だと僕は信じて疑わない」

「それが自分だと言いたいわけ?」
「違うよ。みんながみんなの上になぜか閃きが降りてきて、みんながみんな同時に引き金を引くのだ。だから爆薬は全方位に向かって破裂するのだ。……」

（第七夜　夢と喝采の日々『黄昏に歌え』傍線引用者）

「閃き」がはたして何を指しているのかは、この記述からは分からない。しかし、少なくともそれは内発的な誘因によるものではなく、外部的な誘因による刺激が、人々の意識を劇的に変容させるアップデートな働きを指していることだけは確かだろう。

もしそうだとするなら、そのような「閃き」とはいったい何であり、またそれは最初の一人にどのようにして訪れてくるものなのか。

同じところでなかにし氏はこのことについて次のように書いている。菅原洋一が歌った「知りたくないの」の歌詞の出だし部分に登場する「過去」というキーワード（ここでいう「閃き」）について、彼は登場人物にこう語らせている。

「じゃあ、あなたに降りてきた『過去』という閃きはどこから来たの?」
「あれはぼく自身が思いついたものだけれど、それがすべてではない。ぼくの能力をそこまで高めたものはぼく自身でもあるがそれがすべてではない。ぼくが生きてきた人生のすべての時間、ぼくを取り巻くすべての人間、すべてのもの、すべての偶然、それらがぼくを担いで、天高く持ち上げてくれた時、ぼくは閃きをこの身にうけたのだ」

「あなた一人のものではないの?」

「作詩という自分が担当した仕事の部分ではぼく一人のものだ。しかしあの歌にかかわった人間はみんな、その持ち場持ち場で強烈な閃きを感じていたに違いない。菅原洋一も、お慶さんも、小澤さんも」

(同前)


この部分だけを読むと、「閃き」とは文字通り天からの啓示か神のお告げといったようなものにきわめて近似する何かのようにも思えてくる。いずれにせよ、自分でもその明白な出自を示せないというところに、この「閃き」というものの基本性格が明瞭に顕われているが、これは吉本隆明が詩を書いているときの自らの意識状態を「自己が自己に憑いた感じ」(「詩とはなにか」)だと言ったこととは対照的に、むしろ〝自己が自己をこえたものに憑いた感じ〟と呼んだら少しは当たっているのかもしれない。あるいは、人間意識のこの特異なパフォーマンスを支えているのは、自己幻想が共同幻想にかぎりなく同致されていくような意識状態、もっと言えばシャーマンや預言者などに特有な、自我の極限的な拡張感として観察できる意識状態にどこまでも至近していく類の、特殊な能力を指しているようにも受け取れる。

だが、私がより重視するのは、個人におとずれるそうした「閃き」への主観的評価よりも、

「みんながみんなの上になぜか閃きが降りてきて、みんながみんな同時に引き金を引く」といった機会集合的な現象、つまり曲が「ヒットする」という現象の実際的な発現契機のほうなのだ。

〈ひらめき〉が降りてくる

実はなかにし氏は、同じ小説中で、さらに重要なことを述べている。

「不自由は多ければ多いほどいい。どうせ閃きは、細部の細部にこだわっている時にしか訪れてこないものなのだから」

「最初から自由ではいけないの？」

「不自由から自由を獲得する瞬間、それが閃きだ。閃きは歓喜だ。結合の神秘に後先はない。男と女が抱きあって生命の恍惚に達し互いに溶け合う時、どっちが先に愛しはじめたかなんてことが問題にならないのと同じだ」

「ふーん、なるほど。どこまでが自分でどこからが相手の身体なのか分からなくなるあの感じね」

「そういうことを、ぼくは『知りたくないの』を書いて学んだ」

（同前：傍線引用者）

ヒット曲「知りたくないの」は、「〽あなたの過去など／知りたくないの」の出だしで始まる。

この歌を知らない若い読者も多いと思うので、若干ここで捕捉を述べさせてもらうと、これはなかにし氏自身の言葉によれば、日本の歌謡曲の歴史上で「過去」という単語が歌詞のなかに使われた最初のケースだったという。そして彼が引用中で「細部の細部にこだわっている」と述べている意味は、もともとアメリカの原曲をリメイクしたこの日本語歌詞をつくるプロセスにおいて、「過去」という言葉を自分がまず「閃いた」こと。そしてそれ以上に、歌手の菅原洋一はじめ周囲の者たちが「歌いにくい」という理由から当初より難色を示していたこの一語に、なかにし氏が徹底的にこだわり抜いた経緯を指している。「知りたくないの」のヒットは、最初に閃いた「過去」というこの一語がなければ起こり得なかったという強いプロ意識が、そこには込められていたのである。

「〈ひらめき〉」が訪れる瞬間を、彼はこうも述べている。

いちばん忙しく歌を書いていた昭和四十年代のときでさえ、詩作をするときには一人じっと部屋に閉じこもり、まず日常空間から離脱することから始めた。そしてそれは、自分というものから自身を解き放つことから詩作を始めたということでもある。身の回りのこと、等身大のことを書きたいと思うのはもちろん書き手の自由だが、しかしそれでは歌の届く対象を限られたものにしてしまう。男でも女でもない、年寄りでも若者でもない、日本人でもフランス人でもない、要するに何者でもないものになること、また伝統・宗教などすべての束縛から自由になることを通じて、一つの魂のような存在になることを、私は自らに課した。そのようにして詩作に向かい、詩の神との交信をつづけてゆくと、やがて〈ひらめき〉が降りてきて、一編の詩ができる。

（第七章　すべての歌は一編の詩に始まる『歌謡曲から「昭和」を読む』一四九頁）

私はこれまで、歌がヒットするという現象は、多くの人々のあいだに何か共通のものがシェアされることだとイメージしていた。だが、この捉え方は正しいものではなかった。というか、あまり正確ではなかった、とここで修正しておきたい。

たしかにいま思い返してみれば、「知りたくないの」（一九六五年）や「天使の誘惑」（一九六八年）、「石狩挽歌」（一九七五年）などが大ヒットした当時にあって、それをリアルタイムで体験してきた私などのような者の目からしても、まるで関係のない他人と何かが共有できていたとの実感はつゆほどもなかった。

なかにし氏の教えるところに従うなら、ヒット曲は人々のあいだに普遍的に共有される何かなのではなく、最初に作詞家におとずれたこの「閃き」なるものが、多くの人々の意識内部で反復再生されるという身体反応、それが、同時多発でランダムに発生する現象を、外側から言い当てた表現だというのが最も間違いのないところのようだ。

ここまできて私たちは、ヒット曲が生まれる際のおぼろげな構図をどこにどう描くかという課題に、ようやくひとつの回答を準備できる段階に立ち至ったのではないだろうか。

作詞家が自身の制作する表現の細部にこだわるのは至極当然であるとして、その細部――例えば「過去」というその一語を選択した根本の動機が、作詞家個人の趣向や気まぐれによるものではなく、「自分が今あるところの、時間と空間」（『黄昏に歌え』三八五頁）つまり自分が生きて活動してきた経験をことごとく収納する記憶の全体性と、言語創作にむかうリテラルな意識の波長とが奇跡的にシンクロしあい、表現内部にまったく新しい新境地を開くことに成功したとする（＝作詞家の閃き）。むろん作詞家の意識においてその作業は一回的なプロジェクトには違いないが、そうやって生みだされた歌謡作品は言語表現と楽曲という身体（曲としての実体）を新たに与えられて、今度はみずからの自立した生命力で、さまざまなメディアのなかを血液のように流れていく。この場合当然ながら、その歌謡作品のなかには一等最初に作詞家によって摑まれた〈ひらめき〉が、表現の構造としてあらかじめ装塡されていると考えられる、というようにである。

そこで本当に共有されるべき普遍性を、なかにし氏はいったいどのようなものとして考えていたのか。

〈歌謡曲〉が軍歌になった時代

〈昭和歌謡〉とはなかにし礼にとって、実は、戦時中の「軍歌」への強烈なアンチ・テーゼを意味していたのではないか。これまで、なかにし氏の残した数々の仕事の足跡を追いかけてきて、私はそう思うようになった。つまり「軍歌」を全面的かつ根源的に否定する積極的な社会的脈動として、〈昭和歌謡〉はなかにし氏にとってまさしく圧倒的に存在しなければならなかったのではないか。〈昭和歌謡〉を思想的に位置づけ得るとすれば、唐突なようだが、私にはそのような構図がもっとも相応しいものとして鮮明に浮かび上がってくる。

「軍歌」について、なかにし氏はこう書いている。

人はだれでも、自分や自国の後ろ暗い歴史を振り返るのはつらいものだ。自らの〝恥〟の部分にふれざるを得ないからである。だから、なるべく背を向けて忘れてしまおうということになる。あるいは、かつての言動を隠蔽《いんぺい》して、何食わぬ顔をしているようなことになる。しかし、背を向けることも隠蔽することも許されない。日本の歴史を振り返るとき、十年以上にもおよぶ戦争を招いた軍国主義というものの検証が不可欠なように、戦争を美しくうたいあげる軍歌というものもきちんと検証されなければならないのである。

（第四章　戦争を美しく謳った作家たち　前掲書、七六頁）

なかにし氏による、これは作詞家・作曲家たちへの戦争責任追及のはっきりとした宣言であろう。戦後、もっとはやい時点でこうした声は広汎にあがるべきだった。しかし、管見の及ぶ範囲で、私はそのような声をついぞ聞いたことがない。

前節でみたように、戦中から戦後にかけ、おなじ音楽業界で仕事をしてきた者どうしでは、そうした戦争責任の追及は、自身のそれまでの創作活動の否定にもつながりかねない大問題であり、声をあげづらい事情もあったのだと思う。また、そんな大きなリスクを犯してまでこの問題に踏み込む動機も、生まれようがなかったのかもしれない。

その一方で、なかにし氏のように少年時に満州という外地で終戦を迎え、その後、並大抵ではない苦労のすえに日本へ引き揚げてきた者にとっては、こうした声をあげることで、作詞家として失うべきものは何もなかった。まして、声をあげるのに遅すぎるということも決してなかった。私には、そうしたなかにし氏の出自が、戦後七十年近く経った当時、戦前回帰にむけた右傾化のはなはだしいこの国で、必然的にこうした追及の声をあげさせたのではないかと思う。

なかにし氏の動機の核心にあったのは、それらの「軍歌」がまぎれもなく当時の「歌謡曲」だったという、厳然たるその事実性の認識だった。

その「日本国民の歌」（音楽評論家堀内敬三の言葉：引用者注）としての軍歌の性格を決定的にしたのは、歌謡曲である。昭和初期、日本の軍国主義化が進んでゆくなかで、各レコード会社は、一面では当局の〝指導〟に基づき、一面では大衆の求める歌を提供するという本来の目的に基づいて、「軍国日本の国民精神を高揚させる歌」の制作に乗り出した。プロの作詩家・作曲家がつくり、プロの歌手が歌うそれらの歌は、ラジオ・レコードを通じて人々の心に強く働きかけた。人びとは喜んで歌い、涙して歌い、そして戦地でも歌った。これはまさに、軍歌本来の姿ではないか。

国家の軍楽隊によってつくられた歌や国・新聞が公募してつくられた歌を「軍歌」、商業ルートに乗ってつくられた歌を「軍国歌謡」（あるいは「戦時歌謡」）と分類することがあるが、これは不必要なばかりか、間違ってさえいる。あの時代、軍歌は官製・公募のものも含めて、みんなプロの手をへて商業化され、ラジオ・レコードを通じて歌謡曲（＝流行歌）の形で人びとに受け入れられたのである。つまり、軍歌は歌謡曲になったのだ。

その意味で、あの「戦争の時代」ほど、歌謡曲というものが人びとの心を揺さぶった時代はない。よくも悪しくも、歌謡曲が最も力強かった時代なのである。

（前掲書、七八頁〜七九頁：傍線引用者）


私が子供だった一九六〇年から七〇年代頃でも、まだテレビの歌番組では、時おり「軍歌」を流すことがあった。無論、それは戦意高揚のためではなく、あくまでも戦中世代のオールドファンに向けたサービスとしてだった。よく私の父母は、そうした番組をなつかしげに観ていた記憶がある。ブラウン管を通して聴いた伊藤久男の「暁に祈る」などは、子供心にもたしかに胸を打つ調べを湛えていた。これは、私のささやかな「軍歌」体験の一コマだが、私の親の世代では軍歌も歌謡曲も、ともになつかしい歌の記憶として脳裏に映し出されていたような気がする。

学徒出陣組の兵卒だった父が戦後になってもよく歌っていたのは、「Z旗の歌」と「月月火水

「木金金」という〝軍歌〟だった。子供の私には歌詞の意味などまったく何のことか見当もつかなかったが、父にしてみれば何かそれらの歌にはなつかしい思い出でもあったのだろう。くりかえし歌っていたのを覚えている。

中学にあがる頃になって、私はなぜかこれら一群の「軍歌」なるものに、いたく興味を引かれるようになった。同時代の青春歌謡などにももちろん惹かれるところはあったが、その一方で、どこか痛切であり哀切でもある曲調の「軍歌」に対しても、不思議な魅力を感じていたのである。

特に好きだったのは「戦友」「麦と兵隊」「同期の桜」「空の神兵」「加藤隼戦闘隊」「暁に祈る」「若鷲の歌」などだった。軍歌集を買ってきては、そらで歌えるようになるまで繰り返し歌いこんだ。

「軍歌」とひと口に言っても、その曲想はさまざまであり、なかには「愛国行進曲」のように戦意高揚をあからさまに煽るような作品がある一方で、戦場での友の死を悲しむ心情を歌ったもの（「戦友」）や、祖国のためにわが身を犠牲に供する者の澄んだ心境を歌ったもの（「暁に祈る」）など、泣かせる曲も数多くあった。

おそらく、こうした作品から受け取る総体的な経験こそが、戦中における「軍歌」がわが国の大衆意識のふかいところにもたらした痕跡なのだと思う。たしかに、個々の歌詞をじっくり読み込めば、単純に戦争遂行を鼓舞するような曲ばかりでないことは私も理解できた。だが、問題はここからなのだ。

「軍歌」と呼ばれる一群の曲のこうした性格を当然熟知したうえで、なかにし氏はそれでも「軍歌」を全面的に否定するのである。

（…）軍歌は人を煽り、洗脳し、教育するときには大変な効果を発揮するものなのだ。だから軍歌は、いい歌であればあるほど、名曲であればあるほど罪深い。このことを決して忘れてはならないのである。（前掲書、八九頁）

ここで決然と語っているのは、なかにし氏というより、なかにし氏の〝思想〟である。個々の作品の良し悪しではなく、国策としての戦時下体制において流布されたこれらの「軍歌」は、総体としてやはり否定の対象にされなければならなかった。現実に三百万人を超える自国の戦没者をだしたあの戦争に、少なくとも「軍歌」は反対もせず協調したのだし、しかも「歌謡曲」として強い影響力を発揮したというところに、おなじ歌謡曲をつくるプロの作詞家として、なかにし氏は何としても「軍歌」を肯定することはできなかったのだ。

〈昭和歌謡〉をもたらした〝革命〟

〈昭和歌謡〉の隆盛を、なかにし氏は、専属作家によるレコード会社の業界支配的なあり方から、音楽出版社（ミュージック・パブリッシャーズ）の台頭を通して、流行歌が真に大衆の嗜好をひろくすくいあげる娯楽へと変貌していくプロセスとして描き出している。そうした動きを根底で支えたのは、従来のレコード会社の専属制にとらわれない、自由な立場の「フリー作家」と呼ばれる人たちの存在だった。なかにし氏自身が、まさにそうした「フリー作家」のひとりでもあった。

ひとまずここでは、その間の音楽業界の変遷の歴史を簡単に素描しておこう。

昭和二十年代後半から三十年代前半の時期（一九五〇〜一九六〇年頃）、歌謡曲は「レコード会社の専属制」のもとで作られていた。それは「それぞれのレコード会社が作詩家・作曲家・歌手を自社専属としてかかえ、専属料や印税を支払って生活を保障する制度」（前掲書一一八頁）である。この制度のもとでは、「専属作家はもっぱら専属歌手のためだけに曲を書き、他社で仕事はできない」（同前）きまりになっていた。

その結果、レコード会社ごとに特有の歌の傾向ができあがり、また専属作家たちのあいだでも師弟関係にちかい閉じたコミュニティが形成され、「曲づくりの哲学（コンセプト）から歌詩に使われる言葉」（同前）までが〝伝統〟のように引き継がれていくことになる。その結果、弊害も起こるようになってきた。いわゆる「マンネリ」化だ。

この時期に、「昭和の大スター」の名に値する二人の人物が登場する。美空ひばり（一九三七〜一九八九）と石原裕次郎（一九三四〜一九八七）である。二人はともに戦中に生まれ、戦後になってデビューを果たし、そして昭和が終焉していく時期に相次いでこの世を去っている。このふたりの昭和の大スターは、いろいろな意味で、その後の〈昭和歌謡〉の隆盛におおきな影響を及ぼした。特に石原裕次郎はなかにし氏に日本語の歌謡曲をつくることを最初に勧めた当人であり、その出会いがなければ、作詞家・なかにし礼の誕生がなかったかもしれないことを考えると、その感はますます強い。

昭和三十年代の中盤になってから、既成の歌謡界の状況に新風を巻きおこす曲が次々と登場してくる。

「黒い花びら」（昭和三十四年／一九五九、詩・永六輔　曲・中村八大　歌・水原弘）、「ハイ　それまでョ」（昭和三十七年／一九六二、詩・青島幸男　曲・萩原哲晶　歌・植木等）、「恋のバカンス」（昭和三十八年／一九六三、詩・岩谷時子　曲・宮川泰　歌・ザ・ピーナッツ）、「見上げてごらん夜の星を」（昭和三十八年／一九六三、詩・永六輔　曲・いずみたく　歌・坂本九）などがその流れを代表する曲となる。大ヒットしたこれらの作品に共通しているのは「作詩家・作曲家・歌手の全員が、レコード会社の専属ではない『非専属』の人たちだった」（前掲書、一二七頁）ことだった。

従来の歌にはない斬新なこれらの曲が生まれる背景に、大手芸能プロダクション「渡辺プロダクション」の存在があったとなかにし氏は指摘する。昭和三十年代の後半にあって、「非専属の作家による楽曲制作の牽引者として、決定的な役割を果たした」（同前）のが同プロダクションであった。同社の特徴は、欧米の「音楽出版社」のシステムをいちはやく日本に導入したことにあったという。

欧米におけるレコード音楽業界のシステムは、音楽出版社がフリーの作詩家・作曲家に楽曲を発注し、できた作品についての著作権管理などを行うというものだった。そしてレコードそのものを制作するのがレコード会社という分業体制ができあがっていた。渡辺プロダクションが導入したのはまさにこのシステムだったのである。

ナベプロのこうした成功をみて、その後、既存のレコード会社も業態の変更を迫られることになり、フリー作家の作品を、邦楽でありながら自社の洋楽レーベルで売り出すという特殊なスタイルがその後定着していく。洋楽レーベルとは、日本のレコード会社が外国曲を国内で販売するときの事業部門名のことであり、例えば東芝ならキャピトルやエンジェル、コロムビアならCBS、ポリドールならグラモフォン、ビクターならフィリップス、といった具合である。

この方式が取り入れられた理由は、専属作家やディレクターがまだ存在している状況下で、フリー作家をフリーのまま自社で使うことが憚られたためだ。洋楽レーベルで売り出すならば、専属作家も文句を言えないという窮余の策だったわけだが、そうすることで、才能あるフリー作家が活躍できる道が、その後、切り開かれることになった。「音楽業界を牛耳ってきたレコード会社の力が決定的に低下し、逆に音楽出版社の力が決定的に上昇」（前掲書、一三三頁）することになったこうしたプロセスを、なかにし氏は音楽ビジネスにおける「革命」と呼んでいる。

フリー作家たちの手になる、従来の正統派歌謡曲とは一味ちがったポップス系の歌謡曲が、その後、続々と誕生していった。その時の、なにかまったく新しい風が吹き始めたという感覚を、私も鮮明に覚えている。

「ブルー・シャトウ」（昭和四十二年／一九六七　詩・橋本淳　曲・井上忠夫　歌・ジャッキー吉川とブルーコメッツ）の大ヒットが、それを象徴する曲だったとなかにし氏は指摘する。この曲は、フリー作家の手になる洋楽レーベルの曲としては初めて、その年の第九回レコード大賞を受賞。翌年にはなかにし氏自身が作詞した「天使の誘惑」（昭和四十三年／一九六八　詩・なかにし礼　曲・鈴木邦彦　歌・黛ジュン）が第十回の、さらにその翌年には「いいじゃないの幸せならば」（昭和四十四年／一九六九　詩・岩谷時子　曲・いずみたく　歌・佐良直美）が第十一回の同賞を受賞するに至って、歌づくりのおもな担い手が専属作家からフリー作家へと移っていく流れは決定的なものになっていったのである。

〈昭和歌謡〉が〝思想〟になるとき

なかにし氏が「壮観の昭和四十年代」と呼ぶ〈昭和歌謡〉のエポックは、かくしてこの不可逆的な世の中の潮流となってもたらされたのだった。

音楽ビジネスの「革命」をへて、昭和四十年代に入ってからは、フリー作家たちのいわば第二世代というべき若い年代層の作詞家や作曲家たちが登場し、さらにヒット曲を量産するようになる。もちろん第一世代のフリー作家たちも現役で活躍を続けていたし、グループ・サウンズやフォークソングといったそれまでになかった形態の楽曲が数おおく現れてきたのもこの頃だ。一方で演歌のもつほの暗い情念の流れも有線放送などを通じて大衆の心に根強い支持基盤をもっていた。つまり「壮観の昭和四十年代」とは、なかにし氏自身もそこに含まれるところの若きクリエイターたちによって先進的な刺激をうけ、歌謡曲のふるい要素からあたらしい要素までがまさに地殻変動のように反応しあって活気づいた、まったく新たな音楽市場を総合的にもたらした時代といっていいだろう。

『歌謡曲から「昭和」を読む』のなかでなかにし氏は、彼らの具体的な名前を網羅的にあげている。安井かずみ（作詩、一九三九～一九九四）、橋本淳（作詩、一九三九～　）、すぎやまこういち（作曲、一九三一～　）、筒美京平（作曲、一九四〇～二〇二〇）、鈴木邦彦（作曲、一九三八～　）、といった人たちだ。

「壮観の昭和四十年代」を具体的にイメージするために、昭和四十一年（一九六六）から昭和四十九年（一九七四）までの主なヒット曲を、日本レコード大賞の各賞受賞曲を冒頭に置いて、一覧にして以下に提示してみよう。隆盛する〈昭和歌謡〉、その一端がそこにはかいま見えるのではないだろうか。

＊「曲名」、作詩、作曲（編曲）、歌の順で表記。作詩・作曲・歌が同一者の場合は名前のみ表記。作詩・作曲が同一者の場合は作詩者のみ、作曲・編曲が同一者の場合は作曲者のみ表記。

【昭和四十一年】一九六六年

第八回日本レコード大賞「霧氷」宮川哲夫、利根一郎（一ノ瀬義孝）、橋幸夫

「若いってすばらしい」安井かずみ、宮川泰、槇みちる、「空に星があるように」荒木一郎（海老原啓一郎）、「赤い風船」水木かおる、小林亜星、加藤登紀子、「星のフラメンコ」浜口庫之助（小杉仁三）、西郷輝彦、「バラが咲いた」浜口庫之助（小杉仁三）、マイク真木、「君といつまでも」岩谷時子、弾厚作（森岡賢一郎）、加山雄三、「逢いたくて逢いたくて」岩谷時子、宮川泰（森岡賢一郎）、園まり、「絶唱」西条八十、市川昭介、舟木一夫

【昭和四十二年】一九六七年

第九回日本レコード大賞「ブルー・シャトウ」橋本淳、井上忠夫（森岡賢一郎）、ジャッキー吉川とブルー・コメッツ

「僕のマリー」「シーサイド・バウンド」橋本淳、すぎやまこういち、ザ・タイガース、「バラ色の雲」橋本淳、筒美京平、ヴィレッジ・シンガーズ、「恋のハレルヤ」なかにし礼、鈴木邦彦、黛ジュン、「恋のフーガ」なかにし礼、すぎやまこういち（宮川泰）、ザ・ピーナッツ、「君こそわが命」川内康範、猪俣公章、水原弘、「小指の想い出」有馬三恵子、鈴木淳（森岡賢一郎）、伊東ゆかり、「霧のかなたに」なかにし礼、中島安敏、黛ジュン、「世界は二人のために」山上路夫、

いずみたく、佐良直美、「霧の摩周湖」水島哲、平尾昌晃（森岡賢一郎）、布施明

【昭和四十三年】一九六八年

第十回日本レコード大賞「天使の誘惑」なかにし礼、鈴木邦彦、黛ジュン

「恋のしずく」安井かずみ、平尾昌晃（森岡賢一郎）、伊東ゆかり、「ブルーライト・ヨコハマ」橋本淳、筒美京平、いしだあゆみ、「長い髪の少女」橋本淳、鈴木邦彦、ザ・ゴールデン・カップス、「花の首飾り」菅原房子／補作・なかにし礼、すぎやまこういち、ザ・タイガース、「君だけに愛を」橋本淳、すぎやまこういち、ザ・タイガース、「亜麻色の髪の乙女」橋本淳、すぎやまこういち、ヴィレッジ・シンガーズ、「誰もいない」なかにし礼、大六和元（早川博二）、菅原洋一、「伊勢佐木町ブルース」川内康範、鈴木庸一（竹村次郎）、青江三奈、「旅路のひとよ」池田充男、鶴岡雅義（笠原公平）、鶴岡雅義と東京ロマンチカ、「くちづけが怖い」なかにし礼、東海林修、久美かおり、「恋の季節」岩谷時子、いずみたく、ピンキーとキラーズ

【昭和四十四年】一九六九年

第十一回日本レコード大賞「いいじゃないの幸せならば」岩谷時子、いずみたく、佐良直美

「恋の奴隷」なかにし礼、鈴木邦彦、奥村チヨ、「港町ブルース」深津武志／補作・なかにし礼、猪俣公章（森岡賢一郎）、森進一、「夜と朝のあいだに」なかにし礼、村井邦彦（馬飼野俊一）、

ピーター」、「人形の家」なかにし礼、川口真、弘田三枝子、「禁じられた恋」山上路夫、三木たかし（高見弘）、森山良子、「風」北山修、端田宣彦（青木望）、はしだのりひことシューベルツ、「長崎は今日も雨だった」永田貴子、彩木雅夫（森岡賢一郎）、内山田洋とクールファイブ、「新宿の女」みずの稔／石坂まさを、石坂まさを（小谷充）、藤圭子、「真夜中のギター」吉岡治、河村利夫、千賀かほる、「みんな夢の中」浜口庫之助（小谷充）、高田恭子、「夜明けのスキャット」山上路夫、いずみたく（渋谷毅）、由紀さおり、「365歩のマーチ」星野哲郎、米山正夫（小杉仁三）、水前寺清子、「君は心の妻だから」なかにし礼、鶴岡雅義（坂下晃治）、鶴岡雅義と東京ロマンチカ

【昭和四十五年】一九七〇年

第十二回日本レコード大賞「今日でお別れ」なかにし礼、宇井あきら（森岡賢一郎）、菅原洋一

「あなたならどうする」なかにし礼、筒美京平、いしだあゆみ、「経験」安井かずみ、村井邦彦（川口真）、辺見マリ、「噂の女」山口洋子、猪俣公章、内山田洋とクールファイブ、「希望」藤田敏雄、いずみたく（川口真）、岸洋子、「波止場おんなのブルース」なかにし礼、城美好（森岡賢一郎）、森進一、「手紙」なかにし礼、川口真、由紀さおり、「ドリフのズンドコ節」補作・なかにし礼、作曲者不詳（川口真）、「昭和おんなのブルース」なかにし礼、花礼二（船木謙一）、青江

三奈、「もう恋なのか」浜口庫之助（森岡賢一郎）、にしきのあきら、「走れコータロー」池田謙吉、前田伸夫、ソルティ・シュガー、「笑って許して」阿久悠、羽根田武邦（馬飼野俊一）、和田アキ子、「圭子の夢は夜ひらく」石坂まさを、曽根幸明（原田良一）、藤圭子、「命預けます」石坂まさを（曽根幸明）、藤圭子

【昭和四十六年】一九七一年

第十三回日本レコード大賞「また逢う日まで」阿久悠、筒美京平、尾崎紀世彦

「真夏の出来事」橋本淳、筒美京平、平山三紀、「17歳」有馬三恵子、筒美京平、南沙織、「わたしの城下町」安井かずみ、平尾昌晃（森岡賢一郎）、小柳ルミ子、「終着駅」千家和也、浜圭介（横内章次）、奥村チヨ、「おふくろさん」川内康範、猪俣公章、森進一、「さいはて慕情」林春生、筒美京平、渚ゆう子、「さらば恋人」北山修、筒美京平、堺正章、「雨がやんだら」なかにし礼、筒美京平、朝丘雪路、「よこはまたそがれ」山口洋子、平尾昌晃、五木ひろし、「知床旅情」森繁久彌（竹村次郎）、加藤登紀子、「戦争を知らない子供たち」北山修、杉田二郎（馬飼野俊一）、ジローズ、「雨の御堂筋」林春生、D・ウィルソン他（川口真）、欧陽菲菲

【昭和四十七年】一九七二年

第十四回日本レコード大賞「喝采」吉田旺、中村泰士（高田弘）、ちあきなおみ

「男の子女の子」岩谷時子、筒美京平、郷ひろみ、「学生街の喫茶店」山上路夫、すぎやまこういち、ＧＡＲＯ（ガロ）、「瀬戸の花嫁」山上路夫、平尾昌晃（森岡賢一郎）、小柳ルミ子、「あの鐘を鳴らすのはあなた」阿久悠、森田公一、和田アキ子、「芽ばえ」千家和也、筒美京平（高田弘）、麻丘めぐみ、「ひとりじゃないの」小谷夏、森田公一、天地真理、「雨」千家和也、浜圭介（近藤進）、三善英史、「太陽がくれた季節」山川啓介、いずみたく（松岡直也）、青い三角定規、「せんせい」阿久悠、遠藤実（只野通泰）、森昌子、「どうにもとまらない」阿久悠、都倉俊一、山本リンダ、「ハチのムサシは死んだのさ」内田良平／補作・むろふしチコ、平田隆夫（土持城夫）、平田隆夫とセルスターズ

【昭和四十八年】一九七三年

第十五回日本レコード大賞「夜空」山口洋子、平尾昌晃（竜崎孝路）、五木ひろし「草原の輝き」安井かずみ、平尾昌晃（馬飼野俊一）、アグネス・チャン、「赤い風船」安井かずみ、筒美京平、浅田美代子、「わたしの彼は左きき」千家和也、筒美京平、麻丘めぐみ、「ジョニィへの伝言」「五番街のマリーへ」阿久悠、都倉俊一、ペドロ＆カプリシャス、「危険なふたり」安井かずみ、加瀬邦彦（東海林修）、沢田研二、「恋文」吉田旺、佐藤勝、由紀さおり、「ちぎれた愛」安井かずみ、馬飼野康二、西城秀樹、「わたしの青い鳥」阿久悠、中村泰士（高田弘）、桜田淳子、「なみだ恋」悠木圭子、鈴木淳（小谷充）、八代亜紀、「白いギター」林春生、馬飼野

俊一、チェリッシュ、「そして、神戸」千家和也、浜圭介（森岡賢一郎）、内山田洋とクールファイブ、「ロマンス」山上路夫、堀内護（大野克夫）、GARO（ガロ）

【昭和四十九年】一九七四年

第十六回日本レコード大賞「襟裳岬」岡本おさみ、吉田拓郎（馬飼野俊一）、森進一「みれん」山口洋子、平尾昌晃（竜崎孝路）、五木ひろし、「追憶」安井かずみ、加瀬邦彦（東海林修）、沢田研二、「甘い生活」山上路夫、筒美京平、野口五郎、「逃避行」千家和也、都倉俊一（馬飼野俊一）、麻生よう子、「積木の部屋」有馬三恵子、川口真、布施明、「二人でお酒を」山上路夫、平尾昌晃（森岡賢一郎）、梓みちよ、「なみだの操」千家和也、彩木雅夫（藤田はじめ）、殿さまキングス、「うそ」山口洋子、平尾昌晃（竜崎孝路）、中条きよし、「ひと夏の経験」千家和也、都倉俊一（馬飼野康二）、山口百恵、「あなたにあげる」千家和也、三木たかし（藤田はじめ）、西川峰子、「精霊流し」さだまさし、グレープ、「空港」山上路夫、猪俣公章（森岡賢一郎）、テレサ・テン、「母に捧げるバラード」武田鉄矢、海援隊、「京都ブルース」なかにし礼、馬飼野康二、藤圭子

＊日本レコード大賞および各賞受賞曲のデータは公益社団法人日本作曲家協会のホームページを参照。
http://www.jacompa.or.jp/

なかにし氏が「壮観の昭和四十年代」を語る口ぶりは、いま読み返してみてもきわめて誇らしげに映る。作詞家としての自身の活動がピークを迎えつつあったという自負や静かな興奮も、むろんそこには背景していたであろう。だが、それ以上に、この時代のトータリティそのものに対するひと回りもふた回りも大きな愛情と、もしこういってよければこの時代への心の底からの自画自賛を、私はその語り口の背後にどうしても感じ取ってしまうのである。

この「みろよ、おれたちはやったぜ、やってやったぜ！」という無言の態度表明には、おそらく、いやまちがいなく、あの「軍歌」が日本中を戦争一色に席巻した過去の時代への輝かしい勝利の凱歌、もっというなら自分たちがじぶんたちの手であの時代を乗り越えてみせたんだという偽らざる気持ちの高揚がみなぎっていた。

戦後の世に、〈昭和歌謡〉が圧倒的に存在しなくてはならなかった、そうした歴史上の大きなミッションをついに自分はやり遂げたというこの矜持こそ、ほかならぬ作詞家・なかにし礼にのみ運命づけられたところの、華麗なる復讐劇の総仕上げを意味していたはずである。

なかにし氏のなかで、まさに〈昭和歌謡〉が確固たる〝思想〟にまで昇りつめた瞬間だった。

第六章　方法的飛翔——『夜の歌』の世界

命がけの飛翔

文字どおりこれは命がけの飛翔だ——私がそう思ったのは、小説『夜の歌』が『サンデー毎日』誌上で連載が開始される一週前の号（二〇一五年六月十四日）に、「『がん再発』闘病記②」として掲載されたなかにし氏の告知文を読んだ時である。

夜の歌とは、私の原体験の主要モチーフである。銃撃が終わったあと荒野のかなたから嫋々《じょうじょう》と流れてくる絶望の歌。一滴一滴肌に突きささる雨を流して泣く底知れぬ夜の嗚咽《おえつ》。こんな恐怖の夜の歌から生まれるべき歌とはどんなものだったのか。この作品を書き上げるまでは、穿破よ、どうか起きないでくれという切なる願いをこめて行動を起こした。さてどうなることか私にも分からない。が、こういう仕事の仕方を承諾してくださった『サンデー毎日』誌には感謝の気持ちでいっぱいだ。

（「生への願いを込めて、行動を起こす」より）

「穿破（せんぱ）」という聞きなれない言葉がここに現れる。それは「がんが他臓器へ壁膜を食いちぎり食いやぶって侵入すること」（同前）を指す。なかにし氏はこのとき、食道ちかくのリンパ節にできたがんが、気管の壁膜にまで根をおろしていることが判明し、手術による治療を決めた矢先だった。

しかし、開胸手術の結果、がんと気管壁膜とのあいだにメスを入れることがすでにできない状態だと分かり、すぐに抗がん剤治療へと切り替えたものの、穿破はいつ起きてもおかしくはない状況だった。

穿破が起きれば、それは生命の危険を意味する。

つまり、なかにし氏は小説『夜の歌』の雑誌連載を、穿破という地雷が埋まった〝地雷原〟を歩くような気持ちで、いわば死と隣り合わせの状態で決断したのだった。サンデー毎日編集部とのあいだで、もし連載の途中でそういうことになってもやむなしという条件だったことは、右の引用部からもうかがえる。

『夜の歌』の誕生には、なかにし氏のこうした切迫した生存条件が色濃く影を落としている。そのことは、この小説の章立て構成のなかにも見て取ることができる。第一章のまえの最冒頭に置かれた「序章　穿破」の章では、いま述べたような経緯がぴんと張りつめた緊迫感とともに描出されている。

G東病院でのCT検査で、食道近くのリンパ節にがんの影が発見されたのは一月二十七日である。たぶんたいしたことにはならないのではないかと高をくくっていたのだが、二月五日に受けたPET‐CTの画像によれば歴然としてがんであった。内科のK医師も陽子線のA医師も外科のD医師もみな今回は手術以外の方法はないと言う。理由は、がんは気管や肺や大動脈が錯綜する非常に微妙繊細な場所にあるので、陽子線では対処できないということ。また以前に陽子線を当てた部分に万が一当ててしまうようなことがあると致命傷になるのでなんとしても避けたいとも言う。私の頼みの綱である陽子線治療の望みはあえなく絶たれた。

（序章　穿破）

なかにし文学の集大成といっても過言ではないこの小説作品は、このように現実世界の切迫性が虚構世界の基底部をまさに〝食いやぶる〟ようにして成り立っている。私にはその作品世界が、がん闘病というじしんの生命をかけた戦いを必死で生きるなかにし氏の姿と、かんぜんに二重写しになって見える。

以下、この作品のじつに不可思議な魅力と類まれな独創性について、私もじぶんの力の及ぶかぎり肉薄していきたい。

無類の幻想文学

『夜の歌』は小説作品であるが、普通の小説と違うのはそれが純文学とか大衆文学とか伝記文学といった、なにかひとつの類型に収まりきらない本質を持っていることだ。また、小説と言ってよいのかどうかさえ実は疑わしい。散文で書かれている部分が大半を占めているものの、重要な箇所でとつぜん詩が顔を出したりする。

また、物語の進行のなかで世界文学史上の古典的な作品のことがいきなり引き合いに出されて、一気に文芸批評的エッセイのような趣きを呈する箇所があったかと思えば、著名な音楽作品についての記述が顔を覗かせていたりと、幅広い教養が随所にちりばめられた総合芸術的要素にみちた言葉の大伽藍といった観を呈している。

この作品の現代文学全体のなかに占める位置について、私が感じているのは、『夜の歌』が現代における無類の幻想文学ではないかということだ。

その理由は複数ある。

なんといってもこの物語の主役が、「私」という一人称で語るなかにし氏本人とおぼしき人物と、もうひとり、「ゴースト」と名乗る魅惑的な若い女性の姿をした霊的存在であることだ。「ゴースト」なるこの存在を造型できたことが、実はこの作品の成功の鍵になっているといっても過言ではない。

彼女は神聖でスピリッチャルな反面、人のように移り気でじつにエロティックな一面をも併せ持つ。「私」にとって、精神的な高みへのよき領導者としての顔をもつと同時に、ときとして地獄のような場所へ突き落してしまう苛酷な試練をもたらす者としての顔をも持っている。また聖化されたイコンのような姿を示すかと思えば、艶めかしい女性としてのいでたちで「私」を身心ともに癒してくれることさえあるのだ。羽をもつ天使のようでもあり、生身の体をもつ娼婦のようでもあり、つまり「私」にとっての究極の両義的な存在として、「ゴースト」はその超自然的役割を発揮する物語構造になっているのである。

『夜の歌』が、幻想文学それも無類の幻想文学だと私がいう理由も、「ゴースト」のこうした存在性格によっているところが大きい。というより、「ゴースト」こそが、ある意味でなかにし文学を象徴する言語表象なのではないかとさえ考えてしまうのだ。

ゴーストの原型を追って

小説『夜の歌』は第一章から第九章までに序章と終章とを加えた、ぜんぶで十一の章から成り立っている。そして、これまでなかにし氏の著作に親しんだ者ならすぐに分かるように、この作品は過去になかにし氏が小説やエッセイのかたちでさまざまな機会に書き綴ってきた自らの引き揚げ体験や、作詞家としての成功体験、あるいは肉親たちとの愛憎ひきこもごもの葛藤劇などを、物語という魔法のツールを使ってみずから追体験していく、そのような内容となっていることに気づくはずである。

その意図がどこにあるのかは、本章で追々あきらかにしていくとしても、そうした魔法の杖を握る存在としての「ゴースト」の造型は、この物語展開において死活的に重要な意味を担っている。

「ゴースト」が最初に登場するのは「第一章　影を売った男」においてである。その部分を以下に引いてみる。

私がゴーストと初めて遭遇したのは、忘れもしない昭和四十（一九六五）年十一月十五日の深夜のことだった。なぜその日のことを明確に憶えているのかというと、私が生まれて初めて心臓発作というものに見舞われた日であったからだ。ではなぜ心臓発作などというものを起こしたのか。その理由はよく分からない。ともかくその日の夜、あまりの息苦しさに目が醒めた時、私は胸のあたりに激痛を感じた。窓を開けて新鮮な空気を吸ってもおさまらない。救急車を呼んだ。近くの救急病院に担ぎ込まれ、そのまま入院となった。

真夜中の病院の三階の一番奥にある病室で、天井を眺めている。私はとめどなく泣いている。涙が左右の目尻からこめかみをつたって枕に染み込んでいくのが分かる。鼻と口は酸素吸入器で覆われている。息をするたびに風の音のようなものが鳴る。昼間はあんなにかまびすしい浅草千束の街も寝静まっていて、外界からはなんの音も聞こえない。私はただ自分の息の音を訊《き》きながら、そのリズムの中で眠りに落ちそうになっていた。

香の薫りのようなものがかすかに、どこからともなく漂ってきた。

誰か人のいる気配がする。

私はとっさに酸素吸入器をはずすと、薄暗がりに向かって声を発した。

「誰？　どなたですか？」

入口近くに一人の人物が立っていた。

（第一章　影を売った男）

幻想文学というに相応しいゴーストの登場シーンである。

特に私が注目するのは、ゴーストとのこの最初の出会いが「昭和四十（一九六五）年十一月十五日の深夜」というように、なかにし氏が最初の心臓発作に襲われた日時に設定され、文字通り生死の境をさ迷った最中の出来事として描かれている点だ。ゴーストの存在性格を推し測るにあたって、このことの意味は決して小さくはない。

理由はふたつある。

心臓発作という臨死にちかい状態でそれが現れることは、幽体離脱した自分が肉体としての自分を客体として眺めることがあるように、自分から離脱した生の記憶が逆にひとつの人格として客体視された姿を連想させるからである。さらに、それが臨死状態にちかい意識の混濁のなかで出現することで、ゴーストはなかにし氏の潜在意識下にあるさまざまな幻想が、ヴァーチャルな実体を持つにいたった存在であることがはっきりするからである。


「私はゴーストです」

とその人物はよく響く声で名乗った。

「ゴースト？　亡霊というわけ？」

私は一瞬笑いそうになった。

「そういう君の平凡な感覚が最大の敵なのです。私はゴーストです。君を救出しに来たんです」

ゴーストは音もなくベッドのそばに歩みよる。手にはもう一つ、蛇腹の管が二本ついた防毒マスクを持っている。

「私と吐息の交換をしてもらいます」

そう言いつつゴーストは私の顔の上にもう一つの防毒マスクをかぶせようとした。（同前）

この作品は二重の水位をもつ世界によって構成されている。

そのひとつは、ゴーストの現前によって、「私」が過去のさまざまな人生の転機になった場面のなかへと導かれ、あるいはゴーストと共に天空を飛翔してすべてを見渡せる高みにまで馳せ昇ったかと思うと、吐息の交換によりゴーストとの悦楽的な交わりのなかで精神の解放を味わうといった、幻覚的な感覚と感情の昂揚のみが支配する世界。

それともうひとつは、ゴーストによって連れて行かれた過去の時空間のなかで、「私」がそこをあたかもいま生きている現実世界であるかのように追体験し、隠されたその意味とはじめての出会いを果たすといった、疑似的なリアリティがすべてを冷厳に支配する世界。

そしてこれらふたつの世界は、気まぐれなゴーストによって拓かれた地平ではあっても、それぞれの性格が根本的に違うため、読む者は「私」と一緒になって交互に配置されるこの異質な二重世界を行ったり来たりする構造になっているのだ。

ゴーストの原型としてすぐに思い当たるのは、ひとつに二〇〇四（平成十六）年刊行のなかにし氏の小説『さくら伝説』における「亜矢」の女性像が考えられよう。「亜矢」もまた人間の女性でありながら、主人公の「私」を、臨死体験をとおして無限の恍惚境へといざなう、どこか超越的な存在として描かれているからである。しかしそれに対して、ゴーストはもはや完全に純化された存在であり、その本質はどこまでもスピリッチャルな全能性にこそある。ここには「亜矢」の人物像のうえに、さらに物語構築上の普遍的イメージが新たに付加された姿がはっきりと見てとれるのだ。はたしてその付加された要素とはどのようなものだったのだろうか。

『夜の歌』の世界をつくりあげるにあたって、なかにし氏が広く世界文学史上の著名な詩人や作品から、物語の原型となるイメージや着想を借りてきていることに私は注目する。

実際に作中に登場する者だけでも、ヴェルギリウス、ダンテ、ボードレール、ランボー、マラルメなど実在した綺羅星のような詩人たちの名前をすぐに拾い上げることができる。そして、それらのほとんどは「私」とゴーストとのあいだで交わされる会話のなかに登場する。このことは私に次のことを直感させる。

『夜の歌』という小説そのものが、じつは詩によって導かれた物語ではないかということであり、そしてゴーストは、作詞家・なかにし礼の内奥のポエジーが擬人化された、なかにし氏と不即不離の関係にある分身なのではないかという秘密を、である。

「ダンテは誰に導かれて地獄、煉獄、天国、彼岸の国を遍歴するの?」

「古代ローマの詩人ヴェルギリウス」

「でしょう。私は君にとってのヴェルギリウスってことよ。お分かり?」

「分かったよ」

「ベアトリーチェも兼ねてあげるわ。少し淫乱なね」

「教師でもあり愛人でもある」

私は心底理解し、かすかに笑った。（同前）

ふたりのこうした会話からも、先の私の指摘は裏付けられるのではないだろうか?

過去の諸作品との関係

『夜の歌』と、なかにし氏の小説や自伝的エッセイなど過去の散文作品との関係はどうなっているのだろうか?

大ざっぱなイメージとしては、『夜の歌』と過去の作品とはたがいに入れ子関係になっていると一応は言えるだろう。その理由としては、各章に収められた物語のテーマが、どれもなかにし氏が以前に発表した自伝的な内容にほぼ重なっているからである。例えば、なかにし文学の重要なテーマのひとつである満州での戦争体験については、これまでも小説『赤い月』やエッセイ集『翔べ！　わが想いよ』のなかでくり返し言及されているが、『夜の歌』においてそれらの要素は、ゴーストに導かれて入り込んだ異界において、さらに生々しい再現劇として次々と「私」のまえに展開する。つまり小説上の構造としては、幻想世界のなかにリアル世界が入れ子状に喰い込んでいるのである。この他にも、母親のこと、父親のこと、兄や姉とのさまざまな確執などが、物語の重要な要素としてこの『夜の歌』には随所にちりばめられているのだ。

ただ、その場合でも、それらの要素は前作からそっくりそのまま複写され、作品内に取り込まれている訳ではない。両者のあいだには、表記上の異同のみならず内容上の微妙な変化も生じているからだ。それをもたらしたのは、なかにし氏自身による思想面での深化であろう。例えば、テーマによっては前作で発表されている内容が、本作に再録されるにあたってより一層掘りさげられているケースが見受けられるからである。

この事実は、とても重要なことを告げているように思われる。なぜなら、もともと切実な意味をこめて書き記されたなかにし氏の自伝的著作物にあって、その内容がさらに重層化されて現れる場面とは、そこが、なかにし氏にとって、私たちが想像する以上に重要な意味を秘めた箇所だったということを言外に教えているからである。

私の見るところでは、以下にあげる四つの描写がそうしたテーマに該当している。

一、ハルビンでのロシア人少女・ナターシャとの親交の描写

二、父・政太郎の抑留と帰還後から末期までの描写
三、政太郎死後の母・「雪絵」の描写
四、戦後における兄・正一との再会から死別までの描写

ナターシャがくれた慰撫

牡丹江を脱出し、命からがらたどり着いたハルビンでの、ロシア人少女・ナターシャとの親交は、戦乱の時代の異国の地にあって、殺伐とした描写ばかりが続いてきたなかに、唯一そこだけが奇跡的に禁断の花園のような蠱惑的な物語となって挿入されている。

中西少年の一家が収容所を抜け出し、ハルビン・モストワヤ街（石頭道街）にあるアパートに引っ越したのが昭和二十年九月。その後、一家はさらに買賣街《マイマイ》にある上海旅館というアパートに転居する。中庭のあるこのアパートには、中国人のみならず朝鮮人、ロシア人の家族とその子どもたちも住んでいて、七歳の中西少年は彼ら少年少女たちと親しく遊ぶようになった。そこで出会ったのが、中西少年よりも四歳年上のロシア人の少女、ナターシャだった。

ナターシャは、なかにし氏の『翔べ！　わが想いよ』や『黄昏に歌え』のなかにも何度か登場する少女だ。前者では「ロシアの少女」として名前は明かされていないが、後者では「ナスターシャ」の名前で描かれる。『夜の歌』の小説世界を離れても、文字どおり地獄のような光景をくぐり抜けてきた牡丹江からの旅路の果てで、中西少年にこうしたひとときの休息地のような時空

間が用意されていたことは、まさに天からの贈り物だったに違いない。砂漠のオアシスにも似た、子供たちだけのコミュニティの様子はこんな様子だった。

私たちの遊び仲間は日本人は私ひとり、中国人の女の子ひとり男の子ひとり、朝鮮人の女の子ひとり男の子ひとり、そしてロシア人の女の子ひとりの六人で、年齢は十歳前後、男女の比率は丁度半々で、なにをして遊ぶにも都合がよかった。雨の日は空き部屋でトランプ遊びをやった。ババ抜き、ページワン、神経衰弱なども万国共通であった。ついこないだまでの残虐な戦争にかかわった民族同士であったが、私たち子供はなんのわだかまりもなく、実に気持ちのよい平和な空間を作っていた。

中でも私の気を引いたのはロシア人の少女だった。すらりとした少女のその仕草、その表情、手の動き、大人びた視線、うっとりするような声、もう私は見るだけで、いつも呆然としていた。

（第四章　襤褸の男）

白系ロシア人のこの少女の家族はソ連からの亡命者である。彼女の父親は白衛軍として戦い、すでに戦死していた。この小説のなかで初めてそのことが少女自身の口から語られる。ナターシャも故郷を無くした異邦人なのだった。そしておなじように故郷を追われた中西少年が彼女に抱いたのは、子どもらしい淡い恋心であるいじょうに、似たような境遇におかれた孤立の男女が抱きあう運命的な感情といってよかった。

このひとときの平穏の日々に、日本が無条件降伏したとの知らせが届く。その知らせは、ハルビンの日本人社会に駄目押しの衝撃を与える。母や姉の態度のなかにもあきらかに動揺が走り、中西少年の心にもそれは不安の黒い影を焼きつけたのだった。戦争の不条理にいたたまれなくなった中西少年は、むしょうにナターシャに会いたくなり、ひとりで彼女の家を訪ねたのだった。その場面の描写である。

「レイ。どうしたの？　悲しい顔をして」

ナターシャは私の顔をのぞき込んだ。

「ナターシャ……」

私はそれだけを言って、ナターシャの胸に身をあずけた。

ナターシャはなにも言わず、私の肩を抱きよせ、ベッドへと誘《いざな》った。

私はナターシャのなすがままに花柄のベッドに倒れこんだ。ナターシャが上掛けをかけ、それを頭の上にまで引き上げた。藁《わら》布団だった。

藁布団の下でナターシャは私と接吻した。

接吻した唇を放さないまま、ナターシャは私の着ているものを脱がしにかかった。七つボタンのオーバーコートから始まって、上着やズボンそして下着にいたるまで、靴下も全部、私はすっ裸にされた。すると今度は、その体勢のまま、ナターシャは自分の衣服を脱ぎはじめた。藁布団のがさごそという音がする。ナターシャの体臭がどんどん濃くなっていく。ナターシャは脱いだものを足で押し、ベッドの外へ落とした。そして私をすっぽりと腕の中に抱いた。なんという温かさだろう。優しさに満ちた、命の匂いに満ちた温かさだった。（同前）

子供どうしの性愛行為には、生殖につながる意味もなければ射精やオーガズムに至るプロセスもありようがない。ふたりは裸で抱きあって、お互いの身体のあらゆる部分を舐めあう行為に時間をわすれる。それは文字通り、深く傷ついた弱々しい二匹の動物が、たがいにたがいの傷口を優しく舐めあう野生の行為にも似ている。言い換えれば自分が生き残っていくための、存在の深みからする慰撫の行為なのだ。この場面の描写が、どこか神々しい光を放つのもそのことと無関係には思えない。

わずか七歳にして中西少年は、見るに堪えないさまざまな悲惨な現場を目撃しなければならなかった。なかにし文学の原点はつねにそこへ回帰する。そんななかにし氏の激動の少年期の物語のなかで、ナターシャとのこの挿話は私たち読者に対してもまちがいなくひとつの救いの感覚をもたらしてくれるのだ。

父・政太郎による自己批判

『夜の歌』のなかでその人物像がもっともくっきりと描かれたのが、父・政太郎ではないだろうか。それ以前の作品に登場する政太郎は、中西家の家長ではあるものの、それほど強い印象を残していたとは言いがたい。

理由はいくつか考えられる。

ひとつは、ソ連が満州に攻め込んできたときには出張で家を空けており、中西少年とその家族の避難先であるハルビンの小学校で再会を果たすものの、今度はみずから進んでソ連側に抑留されることを選び、帰還後は身体をこわして早々に他界してしまったことがあげられよう。満州情勢が急迫したもっとも大変なときに、家族と離れて行動していたことが、父との共有された時間の密度をどうしても薄めているといった感がまぬがれない。

もうひとつあるのは、家族のなかで政太郎の声だけがこれまであまり聞こえてこなかったことである。一緒にいた時間が短かったばかりに、結果、そうなってしまったという事情はあるにしても、人生の壮年期を満州での事業に捧げ、そこで家族を養い、成功を収めたのもつかの間、それまで築きあげた財産を戦争ですべて失うことになる一日本人の心の声は、『翔べ！　わが想いよ』のなかにも、また小説『赤い月』においてもついに聞かれることはなかった。

『夜の歌』において、その政太郎の口からじつに初めておのれの心に秘めた真情が吐露されたのである。その言葉は次のように告げていた。

「俺はな、満州国というもののからくり芝居の仕掛けのすべてを最初から見ていた。その暴力的悪も偽善も幻想も妄想もみんな知っていた。俺はそれを本心では憎み軽蔑していた。しかし憎みきれないまま、その芝居の手伝いを買って出た。それがたとえ幻の喝采、偽りの歓呼であってもいい、人生の甘い蜜を味わってみたいと、情けないことにやはり思ってしまったのだ。しかし、その終わりは思ったより早く来た。終わりが来てしまえば元の木阿弥《もくあみ》さ。それでなんの不足もないのだが、俺には関東軍という名の日本国とともに犯してきた大きな過ちがある。誰に言われたわけでもない。俺自身がそう感じ、そう認めざるをえない明白な罪だ。その罪を素知らぬ顔してやり過ごすわけにはいかない。罪には罰があるべきなのだ。その罰を受けないまま、のうのうと生きつづけることは、俺にはどうしてもできない。しかもその罰は俺が俺自身に与えないことには意味のない罰なのだ。責任を国に押しつけることだってできないことではない。しかしそれでは、俺自身の人生が欺瞞に満ちた空虚なものになってしまうのだ。だから今思い返せば、まるで空虚な闇夜のような人生ではあったけれど、そこにたった一点、俺の真心のようなものがキラリと光ってくれたら、それは俺がこの世に生きてきた証しになるであろうし、俺はそれで満足なのだ。そのために、俺は俺自身の意志で、お前たち家族を棄ててまでソ連軍に引かれていったのだ。俺は自分に死刑を宣告し、それを実行するために行ったのだ。随分と緩慢ではあったけれど、その日がやっと来てくれたようだ」

（同前）

右の引用箇所には、なかにし文学における父親像の大きな変化が、色濃く現れている。「父はまさに私たちにとって全能の人だった」（ハルビンへ『翔べ！ わが想いよ』より）――一家の大黒柱としての父・政太郎は中西少年にとってこのような存在だった。ここにはあくまで七歳の少年の目に映った父親像が描かれている。視点を少年の目線にあわせる限り、その当時の父親の内面などは把握しようもなかったはずであり、当然、それ以上のことは語られていない。『夜の歌』に現れる父の人物像は、従って、なかにし氏のなかで文学の力によって新たに造型されたものであることが看取されよう。そこに登場する中西少年の年齢もむろん七歳のままだが、ゴーストの力によってそこは別次元の小説空間にしつらえられており、そこで語られる父親像にもまたこれまでとは違った生命が吹き込まれているのである。

そこで中西少年は、自分の父親の姿をきわめて冷静に分析している。「父は所詮、ヨーロッパを戦場とした第一次世界大戦の戦争景気に便乗して、小樽の馬車屋から大きな運送会社にまで発展させてみせた祖父亀吉の惣領息子であり、失敗と挫折を一度も味わったことのないボンボンだったということだ」（同前）――これが、父・政太郎に対する中西少年（＝なかにし氏）の冷徹な評価である。

関東軍の意向に乗って事業を始め、成功し、国家とともにあることの喜びを味わっていた。ところが蜜月関係だったはずの関東軍には裏切られ、満州国という国家そのものが砂上の楼閣のように崩壊した。母国日本は敗戦し、聖なる正義は世界から否定された。父の人生は幻想国家満州とそっくりな幻想人生だったのであり、父の人生を支えたはずの正義も否定されたのだ。この敗北感に父は耐えきれなかった。（同前）

なかにし氏は、父親の死をまじかで看取ったばかりでなく、経済的な理由からその埋葬が火葬ではなく土葬であったという酷薄な現実もふくめて、じつに淡々と描き出している。そこには「生きることを自ら放棄した」（同前）ところの敗残者として、なんの救いもなく死んでいった父への哀惜の感情にくわえて、どこかその生涯を断罪までしているかのような、激しい感情の蠢きさえ感じられるのだ。

そうした中西少年の複雑な心境に根拠をあたえているのは、父親のそうした生き方そのものが、自分たち家族をいまこれほど苦難にみちた境遇へと放り出すことになった当の原因だった、というまぎれもない現実である。

なかにし氏はここで父親の口を借りて、文字通りその人生を全否定させるほどの自己批判を敢えて言わせることで、実はそこに「幻想国家満州」をつくりあげ、自分たち家族をその欺瞞的な国策のもとに翻弄しては、最終的に見捨てた「母国日本」への激しい怨嗟をも込めたのであろうことは、想像に難くない。

母・「雪絵」の物語

『夜の歌』のなかで、母・「雪絵」の描写は、その評価がもっとも難しい部分のひとつである。自伝的要素の強い小説『赤い月』においても、「おふくろがぼくを生かし続けてくれた」というモチーフはすでに作品の重要な要素としてあった。なかにし氏はこの他にも『兄弟』など自身の複数の小説作品において、じぶんの母が「女の論理」をもって戦う存在と化す瞬間の振る舞いをくりかえし描いている。

中西一家が満州での逃避行を余儀なくされた当時、なかにし氏はまだ七歳の少年であり、仮に母親が女性特有のそうした側面をみせることがあったとしても、自身の体験として詳細には知り得ていなかったと考えられる。であるならば、小説で描かれるところの母性像から女性像への分裂の事態は、純粋に小説世界をつくりあげるための、なかにし氏による周到な虚構だったことになるだろう。

そのことを実証するために、まず私はなかにし氏の二つの自伝的小説『赤い月』と『夜の歌』の両方に、重要な役回りとして登場するロシア人女性・エレナ・ペトロブナ・イヴァノフの存在に注目する。小説の中での彼女の出自は、敬虔なロシア正教の家系であり、彼女の父親はロシア革命の際に白衛軍としてレーニンの赤衛軍と戦ったものの、敗北して満州の地に一家を引きつれて逃避してきたことになっている。彼女のこの来歴は、そのまま、なかにし氏が少年時代に出会った実在のロシア人少女ナターシャのそれに重なる。このことから、エレナはじつは成人後のナターシャの姿を、なかにし氏が創作的に造型したものだと私は思っている。

そして最も問題なのは、このロシア人女性と恋仲になる諜報員の男・室田恭平（『赤い月』では氷室啓介の名で登場する）と、中西少年の母・「雪絵」が世にいうところの三角関係に陥り、その結末は、「雪絵」の密告によりエレナのスパイとしての素姓が露見して、「室田」は自身の手でエレナを処刑せざるを得なくなる悲劇的な構成が、なぜ必要だったのかという点だ。

自伝的要素をつよく漂わせながら人物名はすべて架空の名前で登場する『赤い月』の世界と違って、『夜の歌』では作中人物の多くが実名で表記されている。だが、なかにし氏の母は本名が「よき」であるにもかかわらず、『夜の歌』では「雪絵」という架空の名前で登場するのである。父や兄、姉たちが実名のまま登場していることとは対照的なのだ。このように、母親だけが実名と違う名前になっている事実は、母・「雪絵」をめぐる一連の物語が、実はなかにし氏が経験した事実をもとにしたのではなく、後に創作された部分であることを言外に主張させているのではないだろうか。もしそうだとしたら、その理由はいったいどこに認められるだろうか。

「ぼくの心の中にある物語では、母がやはり最大の登場人物です」――NHK「ラジオ深夜便母を語る」（二〇〇一年八月七日放送）のインタビューで、なかにし氏はこのように答えている。ここで、なかにし氏は母への思いを「とにかくたくましかった」と述べていた。満州から日本への逃避行を生き抜いた母子家族にしてみれば、「母の占めた役割が大きすぎて、自分の中で大事なのは、家族というより『ぼくと母』という関係になってしまった」と語ったように、母・よきはなかにし氏にとって存在としてはあまりに大きく、まさに〝人生最大のヒロイン〟にほかならなかった。

なかにし氏は満州からの引き揚げのさい、鉄路で空襲にあった時のきわめて印象ぶかいエピソードに触れている。

自分たちの乗った列車がソ連軍の飛行機に機銃掃射されたときのこと、母・よきは小さななかにし氏のことを第一に案じて、列車の座席の下に残し、みずからは車外へ出たのだったが、その判断はじつは誤りで、標的にされた分だけ列車のほうが銃撃の被害は大きかったのである。

外で見ていたおふくろは、相当後悔したと思うんですよ。戻ってきて言ったのは、「これからは、お前はお母さんの言うことでも、信じてはいけない。自分で必死になって逃げて、自分の意志で生きなさい」ということでした。その言葉を聞いたとき、ぼくの中でなにかが目覚めました。おふくろも信頼してはいけない、自分で生きなければならない、ということを感じたんです。

その瞬間から、なにがあっても泣きもしない、笑いもしない、面倒もかけない、実にしっかりした子どもになってしまいました。あのときの言葉こそ、彼女がぼくに残した最大の名言だし、母がすばらしく見えたのも、あの瞬間でした。まったく正直な言葉だもの。

（『ステラＭＯＯＫ　ラジオ深夜便　母を語る　第二集』）

『赤い月』には、母が、「氷室」なる人物を頼る場面がたしかにある。だが、それは子供らをどうしても生き延びさせたいからであり、『夜の歌』のなかで「雪絵」が演じたような関係にまではなっていない。自伝的エッセイ『翔べ！　わが想いよ』を読む限りでも、むしろ、政太郎が不在のなかで彼女は子供たちや従業員などを避難させるべく、文字通り必死の行動を貫いており、そこに協力者として関わってくる「室田」らしき人物の影は、ほとんどあらわれない。しかし、『夜の歌』の世界では、この「室田」の存在は決して小さなものではない。

戦争終了後、「室田」は精悍だった諜報員としての面影をはぎとられ、生きる方途を見失った阿片中毒の廃人のような姿で「雪絵」や中西姉弟のまえに現れる。場末の阿片窟で「雪絵」が中国人の男から「室田」を引き渡される場面は、次のように描かれている。

母は眠っている室田の手を握り、

「室田さん、あなたには私がついていますわ。私がきっとあなたを元気にしてみせます」

母が耳元で声をかけると、ふと目を開けた室田はうっすらと涙を浮かべ、かすれた声で、

「阿片は忘却の薬だ。私はまがいものの幸せの中で過去を忘れた。でも所詮、まがいものはま

がいものだ。阿片が切れると、私はよりいっそう激しい自己嫌悪と罪悪感に苛《さいな》まれる。それが苦しい。私は立ち直りたい。奥さん、雪絵さん、私を助けてください」

母は、その言葉を聞いて、今にも消え入りそうだった自分の命の炎が、熾火《おきび》をかきたてたように、ふたたび赤々と燃え上がるのを感じた。（第六章　魔窟）

こうして「雪絵」は「室田」を自分たちのアパートに迎え入れる。それからは来る日も来る日も室田の傍について、食事から下の世話まで本当の夫にする以上に甲斐甲斐しく身の回りの世話を続ける。中西少年や姉の宏子は、当然ながらそうした母の姿に衝撃を受けることになる。なぜなら、それは子供たちにどこまでも優しく振る舞う母としての姿ではなく、父亡き後に別の男にすっかり心を奪われてしまうひとりの〝女〟の姿だったからだ。

家族三人をここで襲っている事態は、決して単純なものではない。だが、なかにし氏がこうした場面をどうしても盛り込まなければならなかった深層の心理劇を、私はつぎのように理解する。それは登場人物のそれぞれが、身体を賭して愛した者との苛酷なる別離をへて、その後にやってくる地獄のような極限状況の渦中から、それぞれのエロス（生命力）をふたたび恢復させる蘇生劇をどうしても描ききらねばならなかった、というようにである。

最初の試練はまず「室田」本人に訪れた。彼は愛する自分の恋人エレナを、彼女が自分の子を身ごもっていると知りながら、みずからの情とは相容れないスパイの容疑で、斬首刑にしなければならなかった。つまり国家の論理によって最も愛おしい存在を文字通り切り捨てたのだ。彼がその後、阿片に溺れるしか生きる術のない廃人になっていくのは、その苦悶と罪責感からくる必然的な結末だったとも言えよう。

一方、「雪絵」にも取り返しようのない慙愧の念が宿っていく。エレナをスパイ容疑で告発したのは実は雪絵自身なのであり、その結果、密かに心を寄せていた室田を廃人同然にまで零落させてしまったという隠された事情が、そこにはあったからだ。「雪絵」にとっては、「室田」を阿片中毒の地獄から全身全霊で救い出すことこそが、みずからのエロスを再度蘇らせる残された唯一の方途だったのである。「室田さんはね、お母さんの生きる望みなの」(同前)と子供たちに告白する「雪絵」の言葉が、そのすべてを語っていよう。

念のためくり返すが、物語のこの部分は、ストーリー構成上なかにし氏によって新たに挿入された架空の場面であり、じっさいにあった話をもとにして書かれた部分ではない。このように考えると、なかにし氏によって創作されたと思われるエレナをめぐるこれら一連の挿話は、「幻想の国家」満州の地で、愛に挫折し絶望のなかに投げ出され、生きるために人間以下の存在にまで身を落とさざるを得なかった登場人物たちが、本当に愛すべきエロスの対象、すなわち国家によって与えられるのではない自分だけの「生きる望み」「愛する人」を、再びその手に取り戻すため、どうしても潜らなければならなかった必然の運命劇だったという理解に私を導くのである。

中西少年や姉の宏子は、そうした母の姿にどんなに幻滅しようと、「室田」は最終的になんとか立ち直り、日本への引揚げ活動が本格的に始まってからも、自らはハルビンに残って日本人避難民の帰国のための仕事に奔走する。

「あなたはバカよ。愛すべき愚か者よ。正しいつもりで間違っていて、強がるくせに弱虫で、勇敢に見えてその実臆病で、慈悲深くて残酷で、まるで日本という国そのもののように矛盾だらけだわ。そう、そのせいよ。私があなたをたまらなく愛しているのは。あなたは私の祖国なのよ。あなたは日本そのもの。だから、あなたは死んではいけないんだわ。日本が死んではいけないように」

途中から涙まじりになった母の言葉を室田は真剣な表情で受け止めていた。

室田は瞬《まばた》きもせず母を見つめ、

「うん」

とうなずいた。

（第八章　幻滅）

なかにし氏は、物語の登場人物のひとり、架空の母親「雪絵」の口を通して、どうしてもこれらの決定的な言葉を言わせたかったのではないだろうか。すべての苦しみ悲しみは、この場面をここに導き入れるために、壮大に仕組まれた作品世界のまさに煉獄だったのではないかと、今はそのようにも思うのである。

兄、あるいは疫病神としての戦後社会

中西家の長男で、なかにし氏にとってはその兄に当る正一の存在は、なかにし氏のその後の運命に〈戦後〉という時代とともに降臨したまさに疫病神として、私たちの記憶にとどめられるだろう。正一の存在が、なかにし文学において主題化されるのは、氏にとって最初の本格的な長編小説『兄弟』においてである。その書き出しはきわめて衝撃的なものである。

兄が死んだ。
姉から電話でそのことを知らされた時、私は思わず小さな声で「万歳!」と叫んだ。十六年待った。長い十六年だった。
(第一章　兄の死)

兄・正一は戦時中、陸軍の航空隊に学徒出陣で出征しており、満州でのなかにし氏の少年時代の記憶のなかには日本の学校に通うハイカラな学生として登場する。しかし、強烈なそのほんとうの姿を彼が私たちの目の前に現わすのは、中西少年の一家がようやく内地へ帰還し、父・政太郎の実家がある北海道・小樽へ引き揚げてきてからのことだ。『兄弟』のなかで、兄は「政之」という名前で描かれているが、ここは実在の兄・正一その人のことだと考えていいだろう。この

小説がなかにし氏の最初の長編作品だと私はいったが、当然それは最後の長編小説と銘打たれている『夜の歌』との対照を意識してのことである。両者の関係を書誌的に括れば、『兄弟』はなかにし氏が作家としての道つまり小説世界への針路転換を鮮明にした作品であるのに対し、『夜の歌』はなかにし氏がそうした小説の世界からさらにまた別の地平へと飛翔することを試みた決死のエクソダスであるとも取れるからだ。

『夜の歌』において、なかにし氏は次のように述べている。

私は戦争によって翻弄され、その影響のもとで戦後の貧窮生活を生き、やっとひと心地ついたあとは兄という名のもう一つの戦争の傷痕によって苦しめられた。私にたいする兄の理由なき復讐と攻撃も戦争によって犯された精神のなせるわざと思い、許してきた部分があるが、それさえ私一人の妄想であり迷妄にすぎなかったとなったら、私はなにに向かって叫べばいいのか。なにに向かって泣けばいいのか。

兄を主人公にした小説を書こう。実の兄が死んだ時、弟はなぜ「万歳！」とつぶやいたのか。自分が死んだ時、実の弟に「万歳！」と言われる兄とはいったい弟にとってどんな存在だったのか。二人の間に果たして、兄弟の名に値する関係はあったのか。しかもなお、その兄の実像は虚像となり、虚像の実体は空虚そのものだ。その空虚を書こう。つまびらかに。

（第九章　天上からの墜落）

中西家には、昭和十九年九月に陸軍特別見習士官の飛行機乗りになっていた兄・正一が、「赤トンボ」（当時の戦闘機の俗称）での訓練飛行中に墜落事故を起こし、自らは傷ひとつ受けなかったものの飛行機を炎上させてしまう事件があり、それを聞いた父・政太郎が「お国に申し訳ない」として、戦闘機隼《はやぶさ》を一機、軍に献上したという逸話があった。また、兄は生前、自分は戦闘機に乗って「五十回」も出撃し、敵機グラマンと機銃を撃ちあう激しい空中戦を演じたことを家族に誇らしげに語ってもいた。

兄の死後、なかにし氏は兄が参加していた戦友会に招かれ、当時を知る兄の戦友たちに、こうした伝聞の真偽を尋ねる機会を得る。その結果、墜落したのは兄とはまったくの別人であり、敵機との空中戦にいたっては、兄はたった一度の出撃すらしていない訓練段階にあったことなどの証言を聞くことになり、兄が生前に語っていた武勇伝はすべて作り話だったことが判明するのである。こうした経緯は『兄弟』の「終章　絆」に縷々述べられているところで、なかにし氏にとって実の兄・正一がいかなる存在であったかを暗示して余りある。

そんな兄とのある意味でドラマチックですらある再会の場面を、当の『兄弟』から引用する。

その男は、遠近法を強調して描いた絵の中を、冬の午後の光を全身に浴びながらゆっくりと近づいてくる。映画のスローモーションだ。男の身体《からだ》のまわりには妖気《ようき》にも似た陽炎《かげろう》がゆらめいていた。小春日和《びより》の日射《ひざ》しを浴びて解けだした雪の表面が、プリズムを壊してばらまいたように七色に照り映え、男に不気味な後光を背負わせていた。

都会の人間が田舎町を歩く時に見せる独特のあの軽い侮蔑《ぶべつ》を含んだ薄笑いを浮かべ、男はポケットに両手をつっこんでいた。さして背の高くないその男の腕に、ぶらさがるようにしてしがみついている女がいた。パーマネントの頭、赤い唇、ショッキングピンクのオーバー。ぶすぶすとハイヒールの踵《かかと》で雪に穴をあけながら、女も歩きにくさを楽しむかのように大きな口をあけて笑っている。

「あれが兄さん？」

私は母を見上げた。

（第二章　小樽）

兄のこの時の印象について、後になかにし氏は「あっ、悪魔だ！　と私は思った」（『夜の歌』第八章「幻滅」より）と述べている。「反社会的な、反道徳的な、虚無的な、投げやりな、人を人と思わないような不敵な薄笑いを浮かべて……」（同前）とまで形容しているのだ。

この場面では大きくふたつのものが象徴的に瓦解させられている。ひとつは戦中の中西少年が抱いていたであろう頼れる長兄としての正一像が、そしてもうひとつは戦後の新しい暮らしに抱く中西一家の希望のようなものが、共に瓦解する瞬間が描かれているのだ。その証拠に、なかにし氏は『兄弟』において、かつての特攻隊の生き残りとしての兄・正一のヒロイックな影像を、これでもかという程に徹底して破壊する反面、自分たち家族にとって彼がいかに災厄をもたらす張本人であったかについても憤怒をこめて詳細に描き出している。

小樽時代には、実家を勝手に担保にいれて大金を借り入れ、その金で一攫千金のニシン漁に手を出し、結果的に大損をして家を手放すことになった事件などは序の口で、一家が東京に移り住んでからは、表向き家長として振る舞うものの、自分では働かずに怪しげな会社を立ち上げては潰し、そのたびに借金をくり返しては、その金を女やバクチに注ぎ込んで浪費の限りを尽くし、またなかにし氏が作詞家として成功して以降は、なかにし氏の高額収入を当てにしてさらなる借金と使い込みを平然と行って、その返済をすべてなかにし氏につけ回しすることで幾度となく窮地に陥れた男……。こんな疫病神のような男と何故もっとはやく縁を切ることができなかったのか。

実はこの点に、兄・正一をめぐる物語のもうひとつの隠れた主題が見え隠れするのである。「兄と私との長い不幸な戦いに転機をもたらしたのは母の死であった」（第九章「天上からの墜落」より）――それは四十七歳の若さで脳溢血に倒れ、その後の約三十年近くにわたって母の看病を兄夫婦に任せたことからくる負い目の感情、つまり兄弟間の表立っては意識されることのなかった深い確執の所在をめぐるものだった。だが、その隠れた意味をなかにし氏が思い知ることになるのは、皮肉なことにその母の死に際してだったのである。『夜の歌』の次のような描写に、それは色濃く現れている。

昭和五十二（一九七七）年九月二十三日、母は七十三歳で逝った。

小坪の火葬場で母の骨を拾っている時、私の目の前で兄の顔ががらりと変わった。兄がつけていた母の顔という仮面が割れて地面に落ちた。母を悲しませてはならないという私の母への想いは終わった。また兄に母の面倒を見てもらっているという負い目も消えた。母という後光を失った兄の顔はただの悪人のそれだ。

（第九章　天上からの墜落）

ある決定的な瞬間が、ここには現出している。まさに憑き物が取れる瞬間が、と言ってもいい。実は『兄弟』においても、この場面は迫真の筆致で描き出されている箇所である。ただひとつだけ、『夜の歌』の描写が『兄弟』のそれと異なっているのは、なかにし氏が兄の顔を明確に「悪人」のものだと断言している点である。この違いは、決して小さなものではなかったと私は思う。『兄弟』におけるその部分は次のようであった。

（…）素面となった兄の顔はつまらないものだった。安っぽくて薄ぺったらで、どこからどう見ても陰気な影だらけで、笑顔さえなにやら薄気味悪かった。

――これが兄の実像か。こんな男のために俺は何億という金を献上したのだろうか。こんな男のために俺は骨身を削るような犠牲を払ったのだろうか――

私はあまりのバカバカしさに情けなくなった。と同時にこの時初めて、私に数々の苦労を強いて平然としている兄というものが、得体の知れぬ酷薄な存在であることを実感したのだった。私は恐怖で箸を持つ手が震えた。

（第八章　訣別）

私はこうした言葉の裏側に、いまはもうこの世にいなくなった母への潜在意識下の想いこそが、もっとも濃厚ににじみ出ているような気がしてならない。兄のことについて書きながら、実はなかにし氏はここでわれ知らず、これまで胸の奥に呑みこんでいた亡き母への愛憎いり混じった複雑な感情について、書いているのではないだろうか。またまた筆者の邪推になるが、たとえ自分の意志からではないにせよ、兄夫婦に母の介護を三十年ちかくもまかせっきりにしてしまった負い目の意識から、なかにし氏は兄からの理不尽きわまる仕打ちの数々を、自分への天罰として敢えて甘受していたのではないかとさえ思ってしまう。

いずれにせよ、母が亡くなり兄が死んだことで、こうした心の葛藤に一定の距離をおく環境がなかにし氏にやってきたのが一九七七年の九月だった。それからおよそ四十年近くを経た二〇一五年に、『夜の歌』のなかにその確執のドラマはふたたび置き直されたわけだ。その意図は、この小説で兄を「悪魔」とまで形容したなかにし氏が、創作行為をとおしてみずから最後の〝悪魔祓い〟を敢行したという、人生の区切りとしての意味にあったのではないかと思うのである。

第七章

なぜ闘うのか、なぜ闘えるのか

この力の源泉はどこから？

二〇一二年になかにし礼は食道がんから生還し、自身の生命のありようを日々直視したエッセイを継続的に書き続け、それを一冊にまとめた『生きる力――心でがんに克つ』を同年末に出版する。それと歩調を合わせるように、その後、政治的色彩の濃い硬派のエッセイ集『天皇と日本国憲法――反戦と抵抗のための文化論』（二〇一四年）や、憲法問題を強く訴えかける内容の『平和の申し子たちへ――泣きながら抵抗を始めよう』（二〇一四年）、同じく絵本詩集『金色の翼』（二〇一四年）を立て続けに発表する。それだけに止まらない。二〇一五年にはエッセイ集『生きるということ』を刊行、そして小説『夜の歌』の上梓はその翌年の二〇一六年、さらに『闘う力――再発がんに克つ』（二〇一六年）の刊行と続く。

このような姿のなかに、私は表現者・なかにし礼のこれまで知らなかった〝闘う単独者〟としての顔をまざまざと見る思いがした。作詞家とも作家ともそれ以外のどの顔ともどこか少し違う、〝闘うなかにし礼〟がそこにいると感じたのである。なぜ彼は闘うのか、それ以上になぜ彼は闘えるのか？　その〝闘う力〟の源泉はどこにあるのか。本書の終盤にいたって、私はどうしてもその答えを見出したいと願うのだ。

ほんとうの転機は二〇一五年に訪れた？

音楽や文学の世界にみずからの表現領域を広げ、旺盛な創作活動を展開してきたなかにし氏は、二〇一二年に食道がんという大きな危機を克服し、その後、すべては順風満帆にみえた。ともあれこの食道がんが、なかにし氏に自身の生命そのものとじかに向きあう新たな機会をもたらしたのは事実だろう。

『生きる力』のなかでなかにし氏は次のように述べている。

病《やまい》に伏《ふ》して、眠られぬ夜がいくたびかあった。後悔と不安、あきらめと絶望。私は従容《しょうよう》として死におもむくべしと、己に言い聞かせる。と同時に、昨日まで暮らしていた世の中が蜃気《しんき》楼《ろう》のように、おぼろげに遠のき消えていく。その現実感に慄然《りつぜん》とする。ならば、生きることを願おうか。生きたいという想いはあまりに平凡だ。死にたくないとむずかるのは、わがままっぽくて見苦しい。生きなければならないというほどの使命も持ち合わせていない。死んでなるものか、と肩いからしてみても、戦う相手が強すぎる。死はすぐそこにある。私の横たわるベッドのシーツ一枚下にある。つまり私は死の床《とこ》にある。ゆっくりとした死刑執行がさも実務らしく、黙々と私を暗闇の奥へと運んでいく。

（「はじめに」『生きる力』）

一読して分かるように、ここに〝闘う者〟としての面貌はまだ見てとることはできない。ひとたび死と隣りあった者を襲う世界没落感ばかりが濃厚に漂うものの、死は文字通り「シーツ一枚」を隔てたところでいまだ踏みとどまっていたのである。

しかし、二〇一五年の二月、消えたはずのがんが再発する。しかも再発箇所であるリンパ節の部位は「食道、気管、肺、大動脈など重要器官が密集交錯している」（『生きるということ』第一章）ところであり、これまで頼みとしてきた陽子線治療もできず、手術しようにもかなり危険を伴う高リスクな選択を迫られる、いわば最悪なケースでの再発だった。「いずれはやってくるだろう」といった程度の現実味で、がん再発の可能性について予感はあったものの、いざそれが現実となってみると事態は一挙に深刻化したのである。

『闘う力』のなかでの次のような記述が、そのことを私たちに教えてくれる。

今回は、自分の病気を『高丘親王航海記《たかおかしんのうこうかいき》』（澁澤龍彦《しぶさわたつひこ》）の文章を引っ張って来て形容したり、自分の闘いぶりをカフカやカミュを持ってきて裏付けたりするような悠長《ゆうちょう》な状況ではなかった。そういったペダンチックな闘い方がまるでできない、本当に数倍も追い込まれた状況だった。なぜか?

「(穿破によって）今日死ぬのか、明日死んでしまうのかわからない」

と医師たちに言われた時、そこにゲーテが出てこようとベートーヴェンが出てこようともはや関係ないからだ。

穿破はたまたま起きなかった。それは結果論であって、当時は毎日を妻と、「今日も生きたね」と言ってハイタッチする生活をしていたのだ。だから習慣として好きな作家の本は読んでいたが、前回のように先人の言葉を借りて自分を勇気づけるといった余裕などはなかった。そんな発想すら虚しく感じるような絶望感が私を支配していた。（第五章）

おそらくこの時、なかにし氏に訪れていたのは、文字通り死の淵にたたき落とされるような存在体験だったに違いない。自分の死が、今日明日にもやって来るかもしれないという切迫したこの現実情況が、なかにし氏に本当の転機をもたらした根源だったと私は思う。

文学の力が湧きあがる

ここで一旦、時間を二十八年ほど過去にさかのぼることをお許し願いたい。激動の昭和が終わり、世はまさに平成の新しい時代へと移行したばかりのあの頃へと、である。

なかにし氏は、創作者としてのその当時の自分に訪れた心境の変化について、小説作品のなかで次のように述懐していた。『兄弟』の中から、その該当部分を引用する。

年号が昭和から平成に変わった時、私の中でもなにかが変わった。歌を書きたいという思いが急激にしぼんでいった。私はこの時初めて、自分の書いてきた歌は、そのほとんどが恋歌の体裁をとってはいたけれど、すべて昭和という時代への愛しさと恨みの歌であり、幻の故郷満州を恋うる望郷の歌であったことに気がついた。昭和という時代が終ったら、そんな感情をぶつける相手がいなくなってしまっていた。私の胸のなかに、歌では表現できないなにかが、もっと別な方法でしか表現できないなにかが、わだかまってきたのかもしれない。

（第八章　訣別）

なかにし氏が作家としての新しい道に踏み出そうとした際の、偽らざる実感がここには現れていると見てよいだろう。「もっと別な方法」が、ひとつには小説という文学の手法だったことは、それが『兄弟』という記念碑的な小説のなかで表明されたことからも明らかだと思える。実は『夜の歌』の第五章「天上からの墜落」でも、この部分はふたたび言及される重要な件《くだり》であることは特記しておきたい。事実、この二年後の平成十二年（二〇〇〇）、なかにし氏はみずからの小説の第二作目にあたる『長崎ぶらぶら節』でみごと直木賞を受賞し、名実ともに作家の仲間入りを果たしたのだった。

そして二〇〇一年に発表された小説『赤い月』は、先の述懐でも触れられている自らの「幻の故郷満州を恋うる望郷の歌」を、大河小説的な物語として余すところなく描ききった、なかにし文学の代表作だったと言っても過言ではないだろう。時代が昭和から平成にきり換わった当初に、なかにし氏を深いところで突き動かしていた表現への衝動の核にあったのは、自身の人生の重要な部分をなしている満州体験、その愛憎のすべてを、後世に残る文学作品というかたちで書き残しておくことにあったのではないだろうか。そう考えると『赤い月』は、なかにし文学のなかでも特に象徴的な作品になっていると思うのである。

文学の力は、かような経緯からなかにし氏の内部に湧きあがって来た、まさに方法の翼であった。

ここで舞台は二〇一四年に戻る。同年七月十日の「毎日新聞」夕刊に、なかにし氏は詩「平和の申し子たちへ！　泣きながら抵抗を始めよう」を発表する。この作品は、七月一日に集団的自衛権の行使容認が閣議決定されたことを受けて、毎日新聞がなかにし氏に執筆を依頼したものだ。なかにし氏に直接電話をいれたそのときの模様を、担当だった小国綾子記者は次のように記事にしている。

詩を書いてもらえませんか――。集団的自衛権行使容認が閣議決定された1日、作家・作詩家のなかにし礼さん（75）に依頼した。携帯電話の向こうから、力強い言葉が返ってきた。「書きます。何ならすぐにでも」。切迫した思いが伝わってきた。

（「毎日新聞東京本社版」夕刊　二〇一四年七月十二日）

すでにこの時、がんが再発したことを本人は自覚していた訳であり、それを考えると、ふつふつと湧きあがるなかにし氏の不退転の覚悟のようなものが、このときのやり取りからは伺える。記事は以下のように続いていく。

「終戦から69年。戦争を知らないどころか平和を満喫して生きてきた若い世代は、まさに平和の申し子です。草食系男子？　国を滅ぼすマッチョな男よりずっといい。心優しき彼らこそ平和を守ることができる。そんな彼らがいてくれることを僕は心強く思います。若者を『戦争を知らない』とか『無関心だ』とか批判するのは間違っている。僕たち戦争体験者は、若い世代とともに闘うための言葉を自ら探さなければいけません」

（中略）

最後に聞いてみた。短い日数で書くことに不安はなかったのか。後で書き直したくなったりしないか。作家は破顔し、語気を強め言った。「その時は続編を書けばいい」

書き続けるんだ、闘い続けるんだ、と聞こえた。（同前）

ここからは、物書きとしてつねに時代の最前線に立ち、今ある状況から出発してつねに新しいメッセージ、しかも戦闘的なそれを誰に遠慮することもなく敢然と発していくそういう生き方の、まさに実践家としての勇姿を彷彿とさせずにはいないだろう。なかにし氏がここで武器としたのは「詩」という言葉の表現なのであり、この時、湧きあがる文学の力こそがなかにし氏をもっとも深いところで支えた力であることを私は信じて疑わないのである。

背中を押したのは誰か?

二〇一二年に食道がんを乗り越えてから、なかにし氏は政治的なテーマに触れることが、以前にくらべて格段に多くなったように見える。具体的には、後に『天皇と日本国憲法』として一冊にまとめられることになる『サンデー毎日』誌上での連載エッセイ「花咲く大地に接吻を」は、文化論という体裁にもかかわらず、かなり踏み込んだ政治的主張がみられるようになった。この連載の開始されるのが同誌の二〇一二年十二月二日号からであり、本書収録分の二〇一四年一月二六日号まで約一年間にわたり、少なくともなかにし氏はそれまで見られなかったような独自の論陣を張ったのである。

第一章は「天皇と日本国憲法」、第二章が「リメンバー ヒロシマ・ナガサキ」、第三章は「よそ者の流儀」、第四章「日本人は何処へ行くのか」そして第五章が「芸術的抵抗への招待」となっており、この章立てを見るだけでもなかにし氏の政治的な態度表明がこれまで以上に鮮明になっていることが伺えよう。「正午の思想——あとがきにかえて」の中で、彼はアルベール・カミュ『反抗的人間』から「正午の思想」という言葉を引きながらこう述べている。

今更カミュなど持ち出して何を言い出すのやらと言われるかもしれない。しかしその項の中にこんな言葉がつづく。

「現代の熱狂的信徒は、中庸を軽蔑する」

熱狂的な信徒とはまさに私たちの総理大臣のことを指していると言っていいのではないか。政治は宗教ではない。なのにこの狂信的信徒は同じお題目を唱える仲間たちを従えて、ほとんど宗教的ともいえる勢いで人々に改宗を迫っている。彼は言う。平和憲法を放棄して戦争のできる国にしよう。戦前の軍国日本に恥ずべきものはなかった。天皇を元首に戻そう。祖国のために亡くなった英霊にお参りしてなにが悪い。彼の頭の中には、その英霊たちが命ありし時、銃を撃ち、爆弾を投下し、己の意志であったかなかったかはおくとしても、軍国主義というシステムの中で、いかに数多くの人々を殺し傷つけてきたかという視点がまったく欠落している。

（以下略）

（正午の思想――あとがきにかえて）

「私たちの総理大臣」とは、いうまでもなく安倍晋三のことである。この「正午の思想」は、このように激烈な安倍晋三批判として読めるのである。このことは、本書執筆の約一年間のあいだに、安倍晋三に対するなかにし氏の人物評価がプラスからマイナスへ百八十度、劇的に変化したことを告げている。というのは第一章に収められたエッセイ「安倍首相と『戦場のニーナ』」のなかで、なかにし氏は安倍首相の「律義さ」をあたかも人徳であるかのように次のように語っていたからである。

第一次安倍内閣が発足して間もなく、森喜朗元首相の事務所にお邪魔した時、安倍首相が『戦場のニーナ』に大変興味を持たれ、できるならご本人にお会いしてみたいと言っていたという話を聞かされた。私は喜び、このことを手紙でニーナさんに伝えた。しかしその九月、安倍首相は退陣表明をしてしまった。ニーナさんもさぞかし無念だったと思う。

ところが安倍元首相は健康を回復して自民党の総裁として返り咲き、二〇一二年一二月、民主党から政権を奪取してふたたび内閣総理大臣となった。そして二〇一三年四月、安倍首相は、ロシア訪問の際に、ニーナ・ポリャンスカヤさんをモスクワの大使館に招き、五年前の約束を果たしたのだ。

私は何処から来たのか、私は何ものなのか。両親も祖国も分からぬまま成長し、そして今やたぶん六八か九歳となったニーナ・ポリャンスカヤさんはこれでやっと日本人として認められた気持ちになったことだろう。

安倍首相からお土産として日本語をしゃべる花ちゃん人形を渡された時、ニーナさんは頬ずりして泣いたという。安倍首相のこの律義さが日ロ友好を進める人間的力として発揮されることを願ってやまない。

（安倍首相と『戦場のニーナ』）

この箇所はたしかに「ロシアで初めて発見された残留孤児」である「ニーナさん」の身の上になかにし氏が遥かに思いを馳せた箇所であり、安倍晋三は脇役として登場しているだけであるとしても、その人柄に期待こそすれ批判的な見方はその影すらも窺えない。このふたつの文章が書かれたほんの短い間に、いったい何があったのだろうか。

端的に言って、そこには二〇一三年十一月二十六日の衆議院本会議での「特定秘密保護法案」強行採決という事実が、大きな影を落としたのだと私は思う。なぜなら本書において、なかにし氏は先に引用した「ニーナさん」に関わる文章のすぐあとに「秘密保護法はクーデターである」という文章を載せ、その中で安倍・麻生（太郎）を激しく批判する側に回っているからである。

さらに決定的と思われたのが、『生きるということ』所収の「憲法破壊、そして軍国主義の復権へ――安倍政権の歴史観を解読する」というエッセイの次のような箇所である。

天皇（昭和天皇：引用者注）は新憲法を「大いに賛成する」加えて「新憲法は、軍部などの勢力の台頭を妨げ、日本が再び侵略戦争を行えないようにしたものだと解釈している」と言い、また「負け惜しみと思うかも知れぬが、敗戦の結果とはいえ我が憲法の改正も出来た今日に於て考えて見れば、我が国民にとって勝利の結果極端なる軍国主義となるよりも却って幸福ではないだろうか」（『昭和天皇二つの「独白録」』東野真、NHK出版）とまで言っている。これこそが天皇ご自身のご本心であったであろう。

ここまで戦後の日本人と天皇陛下を喜ばせた日本国憲法を改正して「戦後レジームからの脱却」を突き進む現政権の真の狙いはなんなのであろうか。改憲はいまだしであるが、解釈改憲で憲法を骨抜きにすることはできた。次は、「軍国主義の復権」であろう。安倍首相は口に出さないが、これこそ、張作霖爆殺事件（一九二八年）の責任を取らされた形で、天皇陛下自らの言葉によって総辞職に追い込まれ、その後すぐに憤死した田中義一元首相の無念を晴らさんとしているような気がしてならない。（以下略）（第二章　平和に生きる権利）

私は、なかにし氏のこうした憲法擁護の言説が、昨日今日の思いつきなどではない筋金入りのものだと確信する。それは何より、なかにし氏自身の苛酷な戦争体験への歴史的な代償として、日本国憲法の条文が唯一の希望として映っていたことをも告げている。「日本の誇るべき／たったひとつの宝物」（『平和の申し子たちへ』）とこの「平和憲法」を位置づけていることからも、それは疑いようがない。また、これは邪推になるが、安倍首相が、かつて新官僚として満州経営に辣腕を振るった岸信介の孫である事実も、同政権に対する複雑な敵対感情をわれ知らず刺激していたのではないかと思うのだ。

つまり結論として、なかにし氏をこれほど苛烈な政権批判にむけてその背中を押したのは、つまるところ安倍晋三その人であったことが明白になるのである。

闘えるのは〈文学〉の力があるから

がんの再発という生命に関わる死の淵に立たされたなかにし氏が、かくも強靭な意志をもって常人以上に烈しく世界と闘うことができたのは、〈文学〉の力の賜物だった。『生きるということ』のなかに、なかにし氏の内面の変化を生々しく語っている次のようなくだりがある。自身の開胸手術が決まった直後の心境について述べた部分である。

それからの私は生きて帰ってくることをまったく予定に入れない覚悟を決めた。携帯電話の受信メールも送信メールもみんな消去した、保存されている画像もすべて削除した。私の死後、トラブルめいたものが一切起きないようにしたつもりだがこれはまさに人生にさよならを告げる行為であり、あまり気持ちのいいものではない。得体《えたい》の知れないなんとも冷たい興奮につつまれてなかなか寝つけない。私は歌謡曲のヒットメーカーであり、人気作家にもなり、ずっと日の当たる場所にいた人間であるが、今ひとりの人間として、この命の深奥から表現できることとは何かを考えた。

（第一章　生きるということ）

二〇一五年二月十九日の偽らざる心境がここには露出している。まさに一日一日、一瞬一瞬が、医者や家族との、時に緊迫し時には親密で細かなやり取りに満たされる一方、自分自身とのこうした深い対話は、自分いがいには誰にも想像すらできないものだったろう。三月十三日には「いま、がんの再発という迫りくる肉体の危機にあって、私は断固として生きることを選択した」(同前)とも記している。

なかにし氏にとって生きることは闘うこと、そして闘うこととは書くこと、さらに書くこととは次のような行為を意味した。

(…)病気と闘っている自分とは別に、もう一人の自分というものを作りだす。その自分が生み出した活力を自分自身に流し込むことで前向きになり、その結果、抗がん剤治療にも耐えることができるのではないかと考えた。そして私は創作活動によってそういった活力を生み出そうと決心した。

私は連載の予定をキャンセルした「サンデー毎日」の編集部に電話をした。

(「第三章　旅立ちの準備、そして『夜の歌』へ」『闘う力』)

最後まで闘うことができたのは、まさに〈文学〉の力があったればこそだったと、彼は私たちに身を以て示している。

そう、がんは消えていたのだ。

『闘う力』の二〇一五年七月十三日の項で、なかにし氏はこう記している。〈文学〉の力は、紛れもなく生命の力でもあることを、この最後の一行は私たちに力強く教えているのではないだろうか。

第八章

なかにし礼の〈詩と真実〉

「作詞作法」から「作詩技法」へ

なかにし氏が『なかにし礼の作詞作法——遊びをせんとや生まれけむ』（毎日新聞社、以下『作詞作法』と略記）を上梓したのは、一九八〇年のことだった。本書は、作詞家・なかにし礼がみずからの歌詞創作の手の内やその舞台裏を、一般読者にも分かりやすく、旺盛なサービス精神をもって披歴したとても楽しい読み物だった。それから四十年後の二〇二〇年、それも亡くなるほんの二か月前の十月に、その復刊本として彼は『作詩の技法』を新たに刊行したのである。

この『作詩の技法』は、文字通りなかにし氏の生涯最後の著作にあたり、章立ても四十年前の『作詞作法』とまったく同じ構成で、また収録内容も若干の変更や修正は見受けられるものの、骨格も肉付けもほぼ前作をそのまま踏襲しているといってよいものである。ただ一点だけ、両者には本質的なところで重要な変更箇所があった。それはタイトルからも分かるように、「作詞」の表記がすべて「作詩」に変わっていることである。このことが意味するものは何なのだろうか。

本書の復刊にあたり、新たに追加された「あとがき」のなかで、なかにし氏はつぎのように書いている。

この本の中では、通常「作詞」「作詞家」と書かれる言葉を「作詩」「作詩家」と統一している。

もとはと言えば、作詞という表現は世間の作詩にたいする蔑視感が生んだものだと私は確信している。つまり「詩」は文学性の高いものだが、歌の文句は所詮遊びの延長線にあるものじゃないか、だから一段下の「詞」でいいのだ、「詩」なんて字は使わせない、といったところだろう。しかしそれは間違っていると思う。(中略)

(…)詩はもともと唄われるものだったのである。歌謡曲の「作詩」を「作詞」だと言って区別というか差別したがるのは、ヨーロッパの詩人たちの詩を崇めたてまつり、その詩を模範として勉強した翻訳詩人たちや新体詩人たちの優越感が生んだものだろう。それをインテリを自称する新聞記者たちが追認したことにより、いつしか世の中のあたかも常識のようにして「作詞家」という言葉が世にはびこった。

(『作詩の技法』のためのあとがき)

「詩」はメイン・カルチャーとして独立の文学であり、「歌詞」は大衆歌謡というサブ・カルチャーの付属品のように思われているが、しかしそうした「常識」には確たる根拠はないのだ——ここで、なかにし氏が投げかけた問題を私なりに受けとめれば、それはこういうことになる。

私の正直な思いを述べれば、「詩」と「詞」は本質的におなじところと違うところがあり、かといって、そのことを理由に両者を差別化して取り扱うことには、さほど生産的な意義が認められないのではないか、というものだ。ボブ・ディランがノーベル文学賞を受賞したことは記憶にあたらしいが、その事実ひとつをとってみても、「詩」は文学だが「歌詞」はサブカルだなどと言ってはいられない世の中になっていると、私などは感じている。

そこであらためて、復刊なった『作詩の技法』の現在的な意義について、筆者の関心の及ぶ範囲でのフォローを試みたいと思う。

なかにし礼の〈詩と真実〉

私にもこれまで生きてきた数十年のあいだに、どうしても忘れられない歌、大好きな歌は数えきれないくらいあった。そこにはもちろん、なかにし氏の「作詩」になる歌もたくさん含まれていた。

どちらかというと私は、メロディーよりも「歌詩」のほうにさいしょ意識がむき、それが気に入ると、こんどはメロディーに意識がむくといった聴き方をずっとしてきた。そうやって気に入った歌をさらに深く自分のものにしようと、必死になって「歌詩」を暗唱しメロディーを覚え、じっさいにカラオケで歌ってみるといったことをくり返してきた。それがよい歌であればあるほど、歌をうたうなかで私を没我の境域へとみちびいてくれるのが常だった。

そんな素晴らしい曲体験をもたらしてくれる歌謡曲（ポピュラーソング）であるにもかかわらず、ひとつの曲がつくられていく内在過程について体系的にまとめられた書物などは、これまでついぞお目にかかったことがなかった。『作詩の技法』は、そんな私の不満にみごとに答えてくれる内容をもっていた。なかにし礼の〈詩と真実〉がここにはぎっしり詰まっているからである。順を追って以下に紹介していく。

1　底辺のない三角形

歌の作者と、歌そのものと、歌をきく人との関係は「底辺のない三角形」だと、なかにし氏は言っている。図でかくと左のような関係になる。

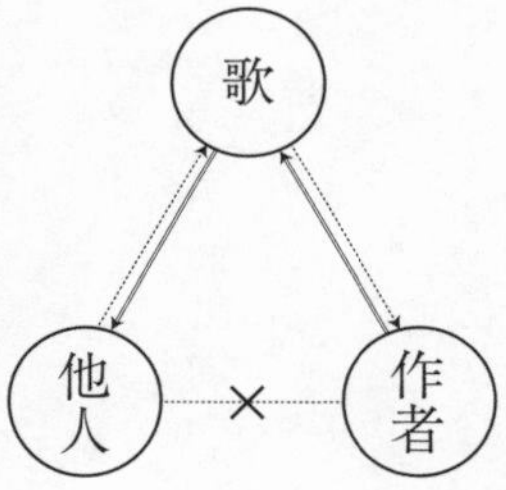

この図はなにを意味しているかといえば、「一度、世に出た歌は、絶対に、作者のもとへ帰ってくることはできない」（二五〇頁）という〈真実〉を示しているのだ。つまり、作者は「歌」を通してしか他人に思いを伝えることはできないという厳然たる事実があり、仮に誰かが「いったいこの歌（歌詩）はなにを言いたいのか」という疑問を抱いたとしても、それに直接答えることのできるのは作者ではなく、あくまで歌（歌詩）そのものしかないのだという不文律を言っている。

この構造は、いわゆる文学としての「詩」も、歌としての「歌詩」も、まったくもって完全に同じである。寸分も変わるところはない。「三角形の底辺は切断されている」(二五一頁)のだとは、実はこのことを指して言われていることであり、したがって、歌(歌詩)にたいするどんな疑問にも歌じたいが答えられるように、「すべての答えを『歌そのもの』の中に入れ込むこと」(二五二頁)が、「作詩家」にとっては最も重要な要件になるということも、詩人が「詩」に向きあうのとまったく事情は変わらないという帰結に、私のなかではたち至るのである。

2　歌の五体

なかにし氏は、歌には「五体」すなわち「頭」があり、「胴体」があり、「脚」があり、「手」があり、「目」があると言う。これが、なかにし礼における「作詩の技法」の奥義にも当たる箇所だといったら、はたして言い過ぎだろうか。

歌をつくるには、これら「五体」がぜんぶ揃わなければよい歌はつくれない、という意味で、このことは、いうならば「作詩の技法」の必須の五つの要素について縷々述べたものである。簡単に紹介するとおよそ次のようになる。

「頭」……誰にも反対できない何らかの真理、またはある種の真実。出会いがあればかならず別れもあるといったような、歌における哲学または知性。「男と女の間には／深

くて暗い　河がある」とか「赤く咲くのは　けしの花／白く咲くのは　百合の花」等々。

「胴体」…誰もがもっている感情、欲望、官能などの要素のことで、喜・怒・哀・楽・怨・願・祈・欲・決意・心意気などに分類できる。エートスやリビドー、パッションやエロス的なものの全領域が含まれる。「君恋し／唇あせねど」とか「悲しくて　悲しくて／とてもやりきれない」等々。

「脚」……歌の終わり部分のこと。いわば曲のうたい締めの部分をいい、歌われた感情、知性、人情、感覚、官能などを、最後に一度に納得させる決め文句。「幸福ぼろぼろ　こぼれるから／寝返り打って　夢ん中」とか「幸せになってね／私祈ってます」等々。

「手」……手でさわることつまり触覚によってそれが識別できる「物」のことで、いわば小道具。「物」ならなんでもよい。その場の雰囲気や感情などをさりげなく指ししめす客観的相関物。「あなたが噛んだ／小指が痛い」とか「折れた煙草の　吸いがらで／あなたの嘘が　わかるのよ」等々。

「目」……目にみえるもの。光景、情景、舞台といった視覚的な表現部分。いわば〝そこ〟を通して世界をみることで、その歌の世界に入っていけるレンズの働きをする表現のこと。「粉雪まい散る　小樽の駅に／ああひとり残して　来たけれど」とか「小ぬか雨降る　御堂筋／こころ変りな　夜の雨」等々。

なかにし氏がいう「五体」とは、要するに「歌詩」における感性的要素と感覚的要素との分節関係のことを指しているのが分かるだろう。これらの諸要素が有機的に結合されることによってはじめて、歌は「堂々と世に出てゆけるのです」と述べている。つまり、よい「歌詩」とは、寓意や暗喩にたよらずに、世界のこうした具象的細部の組み合わせだけによって自律できる表現物だと言っているのである。なかにし氏はここで、私たちにいわば「作詩」におけるプロ技術の基本の〝き〟を開陳してくれたわけだが、どの要素をとっても詩文学に通底していないものはないと確認できたことは、私には大きな収穫だった。

3　「石狩挽歌」の衝撃

だが、そうは言っても、文学としての詩と歌謡曲の「詩」にたいする捉えかたについては、私のなかではじめからすべて同等だったわけではない。いわば詩のなかに感じるポエジーと、「歌詩」のなかに感じるそれとが、やはり決定的なところですれ違っているという認識は歴然とあったのである。

それまでの私のこうした先入観をかんぜんに崩したのが、「石狩挽歌」だった。

はじめて「石狩挽歌」を聴いたときの衝撃を、私はいまも忘れられない。それまで自分がなれ親しんできたどんな歌とも決定的に違うと思ったのだ。どこがどう違うのかうまく言えなかったが、とにかく感性のふかいところに痛切に響いてくる曲調が、私の魂をはげしく揺さぶったのである。ひとことでいうなら、それはこの世界の没落感をまぎれもなく歌いあげていた。

海猫《ごめ》が鳴くから　ニシンが来ると　赤い筒袖《つっぽ》のヤン衆がさわぐ
雪に埋もれた　番屋の隅でわたしゃ夜通し飯を炊《た》く
あれからニシンはどこへ行ったやら　破れた網は問い刺し網か
今じゃ浜辺で　オンボロロ　オンボロボロロ
沖を通るは笠戸丸　わたしゃ涙で　鰊曇りの空を見る

燃えろ篝火《かがりび》朝里の浜に　海は銀色ニシンの色よ
ソーラン節に頬そめながら　わたしゃ大漁の網を曳《ひ》く
あれからニシンはどこへ行ったやら　オタモイ岬の鰊御殿も
今じゃさびれて　オンボロロ　オンボロボロロ
かわらぬものは古代文字　わたしゃ涙で　娘ざかりの夢を見る

いまでも口ずさむたびに目頭が熱くなってきて困る。それくらい、この歌は私をしびれさせて止まなかった。私の野暮な感想はさておき、なかにし氏はこの歌の「五体」をどのように配置していったのだろうか。

まず「頭」だが、これは文句なしに冒頭の「海猫《ごめ》が鳴くから　ニシンが来ると　赤い筒袖《つっぽ》のヤン衆がさわぐ」の部分だろう。「海猫《ごめ》」とはなにか？「赤い筒袖《つっぽ》のヤン衆」とはどのような人々か？　そんなことはいっさい知らなくてもいい。とにかく、ニシンが大挙して押し寄せるときには「海猫」が鳴き騒ぐという、じぶんのまったく知らない壮大な世界が、これいじょうない確かさで鮮明に断言されているのだから、これ以上なにも望むものはないのだ。

そして「胴体」。これは、「わたしゃ涙で　娘ざかりの夢を見る」のところしかありえないだろう。この歌の視点は、北の果ての地に生きる名もしらぬ若い娘のそれであり、娘がじぶんのことを「娘ざかり」ということはまずないから、語っているのはじつは年老いた老婆であって、歌われた世界も彼女のふるい記憶のなかの光景ではあっても、この歌の〈情〉はそこをまちがいなく原点としているからだ。

次に「脚」だが、これは難しい。私はこの歌の「脚」は、「オンボロロ　オンボロボロロ」だと思っている。意味不明のこの音節は、オノマトペといえないこともないが、やはりたんなるレトリックの域をはるかに超えている。「オンボロロ」という言語表象は、ここでは漁網や番屋を形容しながらも、同時に、この歌の世界観そのものをあらわす記号にまで高められている。解釈不能なのに、この歌の時空間すべてをこの一行に凝縮させてしまうまさに〝魔法の呪文〟だといってよい。

さらにこの歌の「手」だが、これはやはり「問い刺し網」だろう。はじめ意味もわからずに歌っていたが、「あれからニシンはどこへ行ったやら」の問いかけのあとに、あたかもその答えのように破れた網（問い刺し網）が海岸にうち捨てられている図が連想されて、私などは違和感を覚えるどころか、このリアルな具象世界の細部へといっきに引き込まれてしまっていた。

最後にこの歌の「目」。それは「燃えろ篝火《かがりび》朝里の浜に　海は銀色ニシンの色よ」の部分をおいて他にはありえない。「朝里の浜」の篝火も「ニシンの色」をした銀色の海も、自分では見たことがないにもかかわらず、その想像世界のなかに私はかんぜんに自己投入を果たしてしまっていた。「オタモイ岬」といい「鰊御殿」といい、その土地とかたく結びついた固有名詞はときに強烈な磁場で私たちを別世界へと引き込むのである。

「石狩挽歌」は、なかにし氏が少年の頃にじっさいにみた景色を、記憶の底からよびおこして書いた作品である。私はずいぶん後になってからそのことを知った。小説『兄弟』のなかにはつぎのような描写がある。

篝火が燃えさかっている。

夜空を焦《こ》がし、雪を解かして篝火が燃えている。左は箸別《はしべつ》の岬から右は舎熊《しゃぐま》の突端までおよそ二キロにわたる、ゆったりと丸くえぐられた朱文別の入江に五十メートルほどの間隔をおいて、数えきれないほどの篝火が立ち並んでいる。三本の柱を組んで作った天辺の台の上に乗った鉄籠《てつかご》の中で薪《まき》が勢いよく燃えている。その光の中に一つ二つ鰊《にしん》番屋がぼんやり浮かんで見える。

私はあまりの美しさに息もできなかった。汐《しお》の匂《にお》いがする。炎の匂いがする。わけもなく身《か》体《らだ》が火照《ほて》って寒さが感じられない。

（同前・七四頁）

少しだけ補足させてもらうと、「石狩挽歌」を書いた頃のなかにし氏は、実生活面でどん底の状態にあった。兄の経営する建設会社が倒産して、その負債をぜんぶなかにし氏が背負うことになり、じしんも破産のふちに立たされていたのである。

もっといえば、少年期になかにし氏がじっさいに見たことのあるニシン漁の場面とは、これも、兄が小樽の中西家の家を担保に高額の借金をして手を出した儲け仕事が関係していた。ニシン漁は、ひとたび大漁にめぐまれれば一攫千金も夢ではないが、失敗すると莫大な負債をかかえることになる、いわばハイリスク・ハイリターンの博打や投機のようなものだった。結局、兄はここでも失敗して、家族は家をうしない、その後、流浪の生活を余儀なくされるそのきっかけをつくったのが、このニシン漁だったのである。

『翔べ！　わが想いよ』のなかで、なかにし氏は「石狩挽歌」をつくったときの様子をつぎのように回想している。

ああ、いい歌が書きたい。書けたら死んでもいい。

神様、私に、いい歌を書かして下さい。

神も仏も信じちゃいないが、私は天に祈った。それほど毎日の生活が殺伐としていた。会うのは債権者、言うのは言い訳。借金を返すために、ひたすら歌を書いてる自分が哀れであった。歌書きの誇りが、むらむらと湧き上がって来たのだ。いい歌を書かないで、なんの歌書きぞという気持ちだった。落ち目とはいえ、『グッバイマイラブ』『フィーリング』などに続いて、細川たかしの『心のこり』（中村泰士・作曲）は〽私バカよねー、と全国でうなり声を上げて、百万枚を超えようとしていた。

こういうヒット曲でなく、もっと別な、なかにし礼ここにありっていうような、歌が書きたかった。

「ニシンのことを書けばいいじゃないか」

と兄が言った。

（「石狩挽歌」『翔べ！　わが想いよ』）

じぶんが苦境にあるときに運命的によい「詩」が書けた、しかも、じぶんを苦境に陥れたその張本人からのアイデアでとは、いかにも皮肉なことではあるが、事実は小説よりも奇なりとはまさにこういうことなのだろう。

一方で、追悼番組として放送された「なかにし礼・ラストメッセージ　生前最後のロング・インタビュー」（二〇二一年二月十日・BS11）のなかで、なかにし氏はこの「石狩挽歌」をめぐる、まったく別角度からのじぶんの強い思いということにも触れている。そこでなかにし氏は「石狩挽歌」の作品世界のことを、あれはじぶんの〝原風景〟つまり〝失われた時を求めて〟なんだと語っている。そして、歌手の北原ミレイがこの曲をレコーディングしたときのエピソードについてもはじめて言及した。

北海道のニシン漁というものをまったく知らない北原が、原曲のイメージをつかみかねて、どうしても歌に心が入らないという状態がつづいていた。そのとき、なかにし氏は彼女にこの曲の特別な性格を説明したあと、「ミレイ、おまえそんなハイヒールなんか脱いで、リアリティと情念をもって歌え……」とじきじきにアドバイスしたというのだ。じっさいにはストッキングまで脱がせたらしい。その意味とは、裸足になって大地をふみしめて、歌の世界を体ぜんたいで感じて、つまりそれほどの覚悟をもって歌ってくれ、というなかにし氏一流のプロデュースだったのである。

番組のなかで、なかにし氏はあたらしい歌を書くとき、その歌手の人となりをしっかり見極めたうえで、その人にもっとも相応しい歌の世界をそのつどイメージして、じぶんは書くのだということを強調していた。北原サイドから新作の依頼があったとき、彼女がその五年前に「ざんげの値打ちもない」（作詞・阿久悠、作曲・村井邦彦）でデビューしたという事実をもふまえ、くわえて「阿久悠ごときに負けてたまるか」と、当時ライバル視されていた阿久氏にたいするプロとしての意地もそこに働いて、結果、「石狩挽歌」という稀代の名曲は誕生したというのである。

なかにし礼の〈詩と真実〉は、まちがいなく、時代の流れと人の〈情〉に、じぶん自身の生い立ちが運命的に交錯しあうこの秘められた場所で、人知れず生まれていたはずである。こうした事情を知ればしるほど、まさに〝歌は世につれ、人につれ〟なのだなあと、私などはふかく実感したのだった。

見すえるのは〝世界〟と〝希望〟

『作詩作法』を新たに復刊するにあたって、なかにし氏が見すえていたのは「世界」だった。本書の「まえがき」でなかにし氏は、そのことを明確に述べている。


日本でヒットする歌なんてそんな狭いことを考えずに、世界のヒットソングを書こうではないか。身の回りの人たちを感心させる歌ではなく、世界の人々を感動させる歌を書こうではないか。

決して誇大妄想ではない。現にそれをやっている歌手や作詩家作曲家が世界には大勢いるし、日本人にだってそれをやってのけてる人がいる。あなただって、やろうと思えばできるのだ。

（「『作詩の技法』のためのまえがき」）

私はこの力づよい言葉をきいたとき、瞬時に頭をよぎった曲があった。それは、TOKIOの「AMBITIOUS JAPAN!」（作詩 なかにし礼、作曲 筒美京平）である。

Be ambitious!
我が友よ　冒険者よ
Be ambitious!
旅立つ人よ　勇者であれ
Be ambitious!

二〇〇三年にリリースされたこの曲は、なかにし礼と筒美京平という、まさに日本の歌謡曲をながきにわたって牽引してきた二人の手になる「JAPAN」への心からの応援歌である。「失われた二十年」といわれたこの時期だったからこそ、「歌詩」も曲調もくったくのない未来にむかって私たちを無条件に鼓舞するような、こうした曲がどうしても必要だったのだ。そのように、私などは受け止めてきた。

彼らは奇しくもおなじ二〇二〇年にこの世を去ることになったが、ひとつの時代の終わりではなく、最後まで〝未来〟を模索しつづけてきたこれまでの足跡が、むしろつぎの時代の始まりの予感さえ秘めているのを、私は感じるのである。それは、彼らの残したものが、つねにどこかに希望をはらむ「歌」だったからではないだろうか。

よい「歌」を世界にむけて発信し、やがてそれが空気のように人々のあいだを満たし、そこにささやかな感動を芽吹かせていくという運動そのものが、じつは〝希望〟なのではないか、とそう思うのである。

「AMBITIOUS JAPAN!」をいま、あらためて聴きなおすと、「いい歌は世界の人々の心を打つものなのだ」といい、「私の音楽の世界戦争にかける思いは若い人たちに託そう」(同前)という「まえがき」の言葉そのままに、後につづく若い詩書きたちの背中を優しく押してくれる、そんななかにし氏の笑顔が行間から浮かびあがってくるようだ。

〝世界〟であり〝希望〟でもあるものに向かって、よい歌を残していくのは、あとに続くわたしたちの価値あるミッションに他ならないことを、なかにし氏のこれらの言葉は告げている。

エピローグ

私が「作詞家・なかにし礼」の名前を最初に心に刻みつけることになった歌は、「夜と朝のあいだに」（一九六九年）だった。じつに不思議な歌だなあ、と思った。恋の歌でも、別れの歌でもない。なにがテーマなのか、なにを歌ったものなのか、にわかには分からなかった。ただ「天使の歌をきいている　死人のように……」というフレーズが、たまらく好きだった。

私はそんな疑問をふとじぶんの母にぶつけてみた。母がいうには、これを作詞したなかにし礼という人は心臓に持病をもっていて、いつ発作がくるかわからない、いつ自分が死ぬかもわからない、そんな人だからこういう歌が生まれたんじゃないのかね、という返事だった。私は母のこの答えにすっかり納得してしまった。なかにし礼という作詞家の原イメージが、このとき私のなかで固まったのである。

なかにし氏がすでに世を去ったいまも、なぜかその感覚は変わっていない。そのときからざっと四十数年後に、いくつかの機縁がかさなって、私は思いがけずも「なかにし礼」をめぐる単著を書かせてもらうことになった。そのとき、まっさきに私にやってきたのは、あのときいだいた

「なかにし礼」の原イメージだったのである。　母のあのひと言がなければ、私は本書をこのようなかたちで書きあげることは決してできなかったと思う。

そんなこんなで、いよいよ執筆がはじまると、最初にこの本の話をもってきた版元の社長は、なかにし氏とこまめに連絡を取ってくださり、進行状況を逐一報告してくれるなど大人の配慮をけっして欠かさなかった。そして、私が、第一章から第三章くらいまでを書き終えた時に、できかけの私の原稿をなかにし氏に見せてくれるなど、仲介のためのさまざまな労までとって下さった。

なかにし氏からは、俺の本をだすんだったら、そっちもここを踏み台に飛躍のチャンスにしたらいいという有り難いコメントまでいただいたという。それを又聞きしただけの私にとっても、どれほどの励みになったか、とてもひとことでは言い表せないほどである。

それからも私は、とにかく粛々とひとり執筆作業を進めていき、全体がほぼ出来あがった段階で、その原稿をなかにし氏ご本人にお送りしたのだった。実際に活字にするのに先だち、そもそもこの企画の始まりの段階から見守ってくださったなかにし氏に、私は最大限の敬意をはらう思いでとった行動だった。

だが、なかにし氏からかえってきたコメントは、私のあまい期待からはおおきくはずれるものだった。第六章における、なかにし氏の「母」をめぐっての記述がまったくの誤解に満ちているという、それはじつに手厳しい内容だったのだ。私はその後、いったいどこが駄目だったのかを数年かけて考えつづけた。そしてようやく私なりの答えを見つけて、その部分を根本から書き直し、現在のようなかたちに収めるに至ったのである。

私はこれまで、本書をなかにし氏に直接お見せできなかったことに、言い知れぬ慙愧の念をいだいてきた。しかし、よくよく考えてみると、不完全な未定稿の状態ながら、この私の原稿を、なかにし氏は生前に一度目をとおしてくださっていた事実に、はたと思い至ったのである。評価のほうは意にそわぬ結果だったものの、一度はお読みいただいたことに変わりはなく、まがりなりにもそんな機会をつくることができて、いまとなっては本当に良かったと思っている。

いま、もし、なかにし氏が存命で、この本のページをめくってくれたなら、どのような感想を述べられただろうか。考えただけで身のすくむ思いだが、はたして以前よりもすこしはましな評価をいただけるのか、たぶん、この疑問は永久に解けないまま、その判断は本書を手に取ってくださった読者のみなさまに、私は委ねることとする。

なかにし礼のつくった歌の世界は、私くらいの年齢の者にとっては、まさしく「昭和」の原風景をおりなす〝時代の空気〟そのものだった。できることなら、おなじ風景を共有する者のみならず、べつの空気を呼吸して育ったさらに若い世代の読者にも、本書がひとつの時代の原風景のワンショットとして、記憶のおくにとどまり続けてほしいと願うものである。

本書の出版にあたっては、編集段階から筆者とつねに思いをシェアしあったエディターの小川哲生氏に全面的にお世話になった。結果的にもっともお手をわずらわすこととなり、この場をかりて深く感謝を申し上げる次第である。また、この企画を最初にたちあげた高橋哲雄氏、さらには本書の版元としてまっ先に名乗りをあげてくださった論創社の森下紀夫氏にも、万感の思いをこめてここに謝意を表したい。

添田　馨

二〇二一年四月一日

なかにし礼・主要著作物一覧

※本書執筆にあたり参考にした主要文献

『なかにし礼の作詞作法――遊びをせんとや生まれけむ』（毎日新聞社、一九八〇年）

『音楽への恋文』（共同通信社、一九八七年）――『音楽の話をしよう』（改題、新潮文庫）

『翔べ！　わが想いよ』（東京新聞出版局、一九八九年、のち文春文庫、新潮文庫）

『兄弟』（文藝春秋、一九九八年、のち文春文庫、新潮文庫）

『赤い月』（新潮社、二〇〇一年、のち新潮文庫、文春文庫、岩波現代文庫）

『道化師の楽屋』（河出書房新社、二〇〇二年、のち新潮文庫）

『人生の黄金律　自由の章――なかにし礼と華やぐ人々』（二〇〇三年、清流出版）

『昭和忘れな歌――自撰詞華集』（新潮文庫、二〇〇四年）

『黄昏に歌え――my songs my stories』（朝日新聞社、二〇〇五年、のち幻冬舎文庫）

『戦場のニーナ』（講談社、二〇〇七年、のち講談社文庫）

『三拍子の魔力』（毎日新聞社、二〇〇八年）

『歌謡曲から「昭和」を読む』（NHK出版新書、二〇一一年）
『生きる力——心でがんに克つ』（講談社、二〇一二年、のち講談社文庫）
『天皇と日本国憲法——反戦と抵抗のための文化論』（毎日新聞社、二〇一四年、のち河出文庫）
『絵本詩集　金色の翼』（響文社、二〇一四年）
『平和の申し子たちへ——泣きながら抵抗を始めよう』（毎日新聞社、二〇一四年）
『生きるということ』（毎日新聞出版、二〇一五年）
『夜の歌』（毎日新聞出版、二〇一六年、のち講談社文庫）
『闘う力——再発がんに克つ』（講談社、二〇一六年）
『がんに生きる』（小学館、二〇一八年）
『わが人生に悔いなし——時代の証言者として』（河出書房新社、二〇一九年）
『作詩の技法』（河出書房新社、二〇二〇年／『なかにし礼の作詞作法——遊びをせんとや生まれけむ』復刻本）

日本音楽著作権協会（出）許諾第二一〇四四九三－一〇一号

添田馨（そえだ・かおる）
1955年宮城県仙台市生まれ。慶應義塾大学文学部独文科卒業。詩人・批評家。
詩集に『語族』（第七回小野十三郎賞）『民族』（ともに思潮社）、『非＝戦（非族）』（響文社）、評論集に『戦後ロマンティシズムの終焉――六〇年詩の検証』『吉本隆明――現代思想の光貌』（ともに林道舎）、『吉本隆明――論争のクロニクル』『ゴースト・ポエティカ――添田馨幽霊詩論集』（ともに響文社）、『クリティカル・ライン――詩論・批評・超＝批評』（第二十一回小野十三郎賞、思潮社）、『天皇陛下（8・8ビデオメッセージ）の真実』（不知火書房）などがある。

異邦人の歌　なかにし礼の〈詩と真実〉

2021年7月20日　初版第1刷印刷
2021年7月30日　初版第1刷発行

著　者　添田　馨
発行者　森下紀夫
発行所　論 創 社
東京都千代田区神田神保町 2-23　北井ビル
tel. 03（3264）5254　fax. 03（3264）5232　web. https://www.ronso.co.jp/
振替口座　00160-1-155266
編集／小川哲生
装幀／髙林昭太
印刷・製本／中央精版印刷　組版／ロン企画
ISBN978-4-8460-2060-6　